诺贝尔文学奖得主
莫言剧作

姬别霸王

Farewell My Concubine
Mo Yan

莫言

图书在版编目(CIP)数据

霸王别姬/莫言著.—杭州：浙江文艺出版社,2023.9
(2023.11重印)
ISBN 978-7-5339-7357-5

Ⅰ.①霸… Ⅱ.①莫… Ⅲ.①话剧剧本-作品集-中国-当代 Ⅳ.①I234

中国国家版本馆CIP数据核字(2023)第172631号

策划统筹	曹元勇
责任编辑	苏牧晴
营销编辑	耿德加　胡凤凡
责任印制	吴春娟　眭静静
封面设计	人马艺术设计·储平
插页设计	吴　瑕

霸王别姬

莫　言　著

出版发行	浙江文艺出版社
地　　址	杭州市体育场路347号
邮　　编	310006
电　　话	0571-85176953(总编办)
	0571-85152727(市场部)
印　　刷	上海盛通时代印刷有限公司
开　　本	850毫米×1120毫米　1/32
字　　数	70千字
印　　张	4.875
插　　页	9
版　　次	2023年9月第1版
印　　次	2023年11月第2次印刷
书　　号	ISBN 978-7-5339-7357-5
定　　价	49.00元(精装)

版权所有　侵权必究

霸王别姬

晚霞如火雁鸣秋,英雄末路恨难休。非是大王不善战,实因小刘太滑头。鸿门宴上起善念,乌江畔动乡愁。崩地裂壮志尽,美人骏马亦风流。

打油诗解读话剧"霸王别姬"

丁酉初秋,莫言

题《霸王别姬》

晚霞如火雁鸣秋,英雄末路恨难休。
非是大王不善战,实因小刘太滑头。
鸿门宴上起慈念,乌江水畔动乡愁。
山崩地裂壮士死,美人骏马亦风流。

打油诗解读话剧《霸王别姬》

丁酉初秋 莫言

这个故事不新奇，知青插队症后遗爱情原本如绿植环境移是死旦活难预期，人生一世不容易，谁见举案与眉齐，感情用事害自己，长叹息活着就是硬道理。仿渔家傲词牌述话剧

"锅炉工的妻子"主旨 丁酉秋莫言

作者题词

题《锅炉工的妻子》

这个故事不新奇,知青插队症后遗。

爱情原本如绿植,环境移,是死是活难预期。

人生一世不容易,谁见举案与眉齐?

感情用事害自己。长叹息,活着就是硬道理

仿渔家傲词牌述话剧《锅炉工的妻子》主旨

丁酉秋 莫言

目　录

霸王别姬

剧中人物 / 003

第一节 / 005

第二节 / 019

第三节 / 029

第四节 / 041

第五节 / 051

第六节 / 067

第七节 / 077

锅炉工的妻子

剧中人物 / 083

第一节　诀别 / 085

第二节　重逢 / 087

第三节　断桥 / 091

第四节　诛心 / 097

第五节　血钞 / 105

第六节　忏悔 / 111

第七节　心死 / 115

附　录

历史不过是些钉子 / 123

《霸王别姬》只设矛盾,不给答案 / 137

读《史记》杂感 / 141

霸王别姬

(七节话剧)

剧 中 人 物

项　羽——西楚霸王,虞姬的丈夫。

虞　姬——项羽的妻子。

吕　雉——汉王刘邦的妻子。

范　增——项羽的谋臣,被项羽尊称为"亚父"。

乌江亭长。

楚军侍卫数人。

第一节

［一轮圆月高悬,熠熠生辉。在本剧中,圆月是时间的象征,是历史的见证。

［圆月朗照着垓下西楚霸王的气势粗犷的大帐。帐后插着标有"西楚""项"字的大纛。项羽按照当时的习俗屈膝跪坐,面前一几,几上放着一个古朴的酒器。几上插一支燃烧将尽的红蜡头。一侍卫持戟帐外肃立。帐壁上悬挂着一柄长剑。

［幕后传来军营打更的梆子声。

［红烛渐渐熄灭。

项 羽 (暴躁地)侍卫!

侍　卫　（机械地）大王。

项　羽　秉烛！

侍　卫　大王,这是最后一根蜡烛。

项　羽　（搬起酒器往黑红花纹的髹漆大碗里倒酒,只倒出几滴）拿酒！

侍　卫　大王,这是最后一樽酒。

项　羽　（推倒樽,抛掉碗,跳起来,踢翻几。凄凉地）最后一根蜡烛熄灭了,最后一樽酒喝完了。这么说,我的末日已经到了……

侍　卫　（黯然地）大王……

项　羽　（仰望明月,喟然长叹）苍天啊苍天！你不公道啊！你善恶不分,良莠不辨,你算什么苍天！你说,（指着那轮明月）你说！

侍　卫　（惊恐地）大王,您醉了。

项　羽　（狂笑）我醉了?！（指明月）是你醉了！是他醉了！是苍天醉了！

侍　卫　（顺从地）对,他醉了。

项　羽　（沮丧地低下头）他醉了……你醉了……我也醉了……这么说我们都醉了……（猛地抬起

头)你,你怎么还在这里?我早就让你去接我的夫人,我的虞姬,你为什么还在这里?难道我的将令你们也敢不听了吗?

侍　卫　大王,遵照您的命令,已经派出了八彪人马去接夫人了!

项　羽　那为什么我的虞还不见归来?啊,我明白了,你们欺负我喝醉了,编了这些动听的谎言来骗我,其实,你们根本就没派出过一兵一卒!(猛地将侍卫揪起来,然后像甩童稚一样将他甩出去)你们以为我喝醉了?我也想痛痛快快地醉一次,可是你们这些寡淡如水的劣酒,你们这些浅薄苦涩的村醪没有胆量让我醉!你们醉不了我!我要砍下你的脑袋,让那些胆敢违抗我的将令的人,看看同类的下场!(拔剑出鞘,怒指侍卫)

侍　卫　大王饶命!的确已经派出去八彪人马寻找夫人了……

项　羽　那为什么夫人迟迟不到?

侍　卫　大王,敌军围困万千重,只怕夫人她进不来了……

[项羽持戟仗剑,跟跟跄跄欲往外走,被侍卫拉住。

侍　卫　大王,您不能出去……

项　羽　你随我去接夫人进来!

侍　卫　大王啊!那刘邦布下了天罗地网,别说是人,就是一只鸟,也飞不出去!

项　羽　(扔掉剑戟,手指侍卫)你说,那刘邦是个什么东西?

侍　卫　大王,他不是东西。

项　羽　我乃楚国名将之后;他是市井无赖之徒。我力能拔山扛鼎;他手无缚鸡之力。我宽厚仁爱,堂堂正正,言必信,行必果;他奸诈刁滑,鼠窃狗偷,背信弃义。我自举义以来,身经七十余战,战无不胜,攻无不克;他贪生怕死,屡战屡败。可是,为什么我却被困在这垓下,粮草断绝,烛灭酒干?你说!这到底是为什么?!

侍　卫　(胆怯地)大王,这苍天,确实是醉了……

项　羽　(指着圆月)你说!你既是苍天的代表,那么请你开口说话!(月亮宁静地吐着清辉)你不开口,你装聋作哑,你什么都看到过,你什么都明白,但是你不开口……虞姬,我的亲人!你在何方?想当年我们跪在明月之下发愿心,死要同穴生同衾,可如今,在这铁壁合围之中,粮草断绝,酒干烛灭,只剩下我这孤家寡人……

　　[项羽沮丧痛苦,摇摇晃晃跪在地上。

　　[灯光暗下去。

　　[幕后传来苍凉的楚歌声:"芦苇苍苍兮明月光光,秋风凄凉兮白露为霜。父母妻子在何方,征夫思故乡……"

项　羽　(侧耳听楚歌,惊慌地)难道汉军把我们楚地都占领了吗?有这么多楚人在歌唱?

侍　卫　大王,这是汉军在唱。

　　[楚歌声又起。

项　羽　这一定是张良那个奸人替刘邦出的主意。他要让这凄凉的楚歌动摇我的军心。

侍　卫　(被楚歌打动)大王……

项　羽　我还有多少人马?

侍　卫　大王,逃走了很多,大约只有八百骑了。

项　羽　包围我的汉军有多少？

侍　卫　大王，有三十万。

项　羽　派去寻找夫人的人有没有消息？

侍　卫　大王，没有消息。

项　羽　(暴怒)再派人去！

侍　卫　大王，汉军已把我们重重包围……据将校们传言，韩信早已攻破彭城，夫人她……只怕早已落入了刘邦手里……

项　羽　(从帐壁上拔出剑来)胡说！

侍　卫　大王……

项　羽　(猛地把剑插在地上，低垂下头颅，楚歌声起，他缓缓抬起头来，眼睛里闪烁着泪花)虞呵，虞，你在哪里？(缓缓地站起来)莫怪士兵们乘夜潜逃，连我听了这悲凉的楚歌，也不由得黯然神伤。八年前，八千子弟跟随我西渡长江，那时候，爷娘送儿子，妻子送情郎。你们都想跟着我建功立业，封妻荫子，却想不到落了个如此下场。兄弟们啊，我项籍对不起你们；苍天啊，你欺负我项籍；月亮啊，你沉默不语；虞啊虞，你生死未卜……是我项籍辜负了你,是我这莽汉伤了你的心。月亮啊,在你的辉光下我们玩耍游戏,在你的抚摸下我们结成夫妻,在你的注视下我们伤情别离,在你的帮助下我们能不能破镜重圆?月亮,月亮,你这千古的媒妁,能不能告诉我,我的虞在哪里?月老啊月老,你能不能抛下万丈的红线,引来我宝爱的新娘?虞啊,我从来没有像今夜这样思念你,我从来没有像现在这样需要你。我多么想把我沉重的头颅伏在你光滑的膝盖上歇息片刻,我多么想让你柔软的小手抚摸我的颈项,像从前那样,像慈爱的母亲抚摸顽皮的儿子那样……

侍　卫　(哭泣)大王啊……我们的大王……

　　　　〔幕后高呼:"夫人到——"

项　羽　(惊喜交加)是我的虞来了吗?(拭泪,像顽童般雀跃)是我的虞你来了吗?虞……

　　　　〔吕雉着一袭白色长裙,面罩轻薄白纱,款款而上。

项　羽　(大喜过望,扑上去,将吕雉抱起,转圈)虞,我的虞,我的心肝,我的至宝,你终于来了!(胡乱地吻着吕雉的头、脸、脖子,吕雉一声不响)虞,我是不是做梦?(放下吕雉)你是怎么来的?是月亮让你来的吗?

吕　雉　(缓缓地揭开面纱)是汉王让我来的。

项　羽　(恍惚,惊愕)你……你是谁?

吕　雉　(冷笑)大王难道不认识我了吗?不是大王你把我作为人质在楚营里羁押了三年吗?不是大王你把我作为筹码与汉王立下了鸿沟之约,才把我……赶回汉营的吗?

项　羽　(清醒,恼恨)你这个……

吕　雉　(冷冷地)荡妇?贱人?

项　羽　(阴沉地)刘邦派你来干什么?!是让你来做劝降的说客吗?(拔剑将几劈成两半)你,你们打错了主意。别说我营中还有八百兵马,就是我项羽孤身一人,也要让汉军堆尸如山,血流成河!

吕　雉　(微笑)对着一个柔弱的妇人发怒,不是大王您的本色。

项　羽　(余怒未消)你想说什么?

吕　雉　（看一眼侍卫）有肺腑之言想对大王倾吐。

项　羽　（对侍卫）退下！

　　　　［侍卫下。

项　羽　难道我还怕你行刺?！

吕　雉　（微笑）大王力敌千军，别说我吕雉一个妇人，即便是十员勇将，也近不了……大王您……青春的身体……（挑逗地直视项羽）

项　羽　（避开她的目光，捡起酒器，倒酒，无，掷器于地，烦恼地）有话快说。

吕　雉　（叹息）想不到英名盖世的西楚霸王，帐中竟然没有止渴的酒浆……

项　羽　（烦躁地）快说！

吕　雉　（挑逗地）在这明月朗朗的温柔之夜，年轻壮美的男人身边，竟然没有多情的娇娘……

项　羽　（暴怒）你要逼我将手中的宝剑砍在你的身上?！

吕　雉　（大笑后，正色）大王息怒！你想不想知道汉王现在在干什么？

项　羽　你休要提起他的名字，对这背信弃义的小人，我恨不得将他剁成肉酱！

吕　雉　（冷笑）不，你想知道，我也必须让你知道。（趋前两步，目光炯炯，逼视项羽）在这围外的安全地方，扎起了汉王高大的军帐，帐中铺敷了厚厚的毛毯，一盆炭火烧得很旺。汉王享用着羊羔美酒，有一个绝代佳人在他身旁，他二人交杯换盏眉目传情，今夜就要共枕同床……

项　羽　（厌烦地）住嘴吧，妇人，我不想听那刘邦的流氓行状。

吕　雉　汉王他喜好醇酒美人，见一个爱一个习以为常，但这次的欢爱非同以往，说出来只怕大王要怒火万丈……

项　羽　（厌烦，警觉）你这巧舌如簧的妇人，到底要耍什么花样？

吕　雉　我的大王，我的……傻大王啊！你难道还没听出我的弦外之音？那美人就是你的虞姬娘娘！

项　羽　（如雷击顶，目眩状，片刻，觉悟，仰天大笑）你以为我项籍是三岁小儿吗？给你出这毒计的是陈平还是张良？你们用楚歌动摇了我的军心，又妄想用这谎言来瓦解我的斗志。我的虞她远在彭城，怎能到了那刘邦的军帐？！滚吧，你这心如蛇蝎的女人！

吕　雉　大王难道不知，韩信已于半月前攻破了彭城？

项　羽　即使韩信攻破了彭城，我的虞她宁愿杀身成节，也不会奴颜婢膝去服侍刘邦。

吕　雉　（从怀中取出一块玉佩，递给项羽）大王想必认识这块美玉？

项　羽　（震惊）这是我和虞的定情之物，怎能到了你的手边？

吕　雉　（冷笑）我当然知道这是你们的定情之物，我更知道你为思念她对着月亮发狂。但是，我的傻大王，当你在这里想断肝肠时，她已经把这美玉献给了汉王。

项　羽　（暴怒）毒辣的妇人！无耻的刘邦！一定是你们杀害了我的虞姬，抢走了她的美玉。（拔剑）刘邦逆子，你害了我的虞，我也要让你的吕雉碎尸万段！

吕　雉　（大胆地迎上去，双目如电，逼视项羽）大王，能死在你的剑下,吕雉将含笑九泉,汉王也会拍手称快。

项　羽　(将剑回抽)唔?

吕　雉　你知道汉王为什么派我来?

项　羽　(冷笑)劝降!

吕　雉　那么你知道我为什么要来?

项　羽　(看看手中的玉佩)造谣,撒谎!

吕　雉　我的傻大王啊,你不了解刘邦。你只知道刘邦对敌人奸诈狡猾,反复无常,但你不知道他毫无人性,对妻子儿女也是肆意损伤。他的心中只有帝位和他自己,为了那顶王冠,他可以出卖亲爹亲娘。三年前他在彭城轻车出逃,两次把我那两个娇儿从车上推下……他身边有成群的女人,我们的夫妻关系早已名存实亡。他这次派我来,明着是让我劝降,实则是想借大王的手,取我的性命,为扶正他的宠姬扫清障碍。

项　羽　(冷笑)那你为什么要来?

吕　雉　(怨恨地)大王,你不了解我……我这颗女人的心……我虽然贵为汉王正室,但心中存着一个幻想。大王啊,楚汉争斗,血流成河,尸横遍野,为了什么?就为了你们二人争一个帝位?大王啊,你是用情专一的美男子,天下的女人都把你向往。我吕雉虽然得不到你的身体,但死在你的剑下,也不枉了为女人一场,我的傻大王……你难道看不出吗?我是为了爱你而来,我要你舍弃这虚幻的王位,带着我远避他乡,去过一种男耕女织的田园生活。我愿把这干渴的身体献给大王,我愿把颗滚烫的心化在你的身上。

项　羽　(大笑)你编造了一篇多么动听的谎言!我有我的誓同生死的虞,怎会携上仇人的妻子,与你这半老的女人私奔,荒唐!

吕　雉　(尖利地,羞恼地)我虽然比不上你的虞年轻貌美,但她死之后,这普天之下,也只有我才配做你的新娘。

项　羽　(惊愕)你说什么?你说我的虞死了?!

吕　雉　(故做掩饰状)没有,我没说……

项　羽　你这贱人!快说,我的虞到底在哪里?

吕　雉　(故做掩饰状)她……她在汉王的军帐……

项 羽 (左手抓住吕雉的背,右手将剑横在吕雉颈前)她在哪里?!

吕 雉 (故做悲伤)我那可怜的妹妹,倾国倾城的美人,她……她已经自缢身亡……

项 羽 (痛极,手中宝剑落地,身体一软,跪在地上)虞……

吕 雉 (试试探探地伸出手,抚摸着项羽的头。温柔动情地)大王……阿籍……子羽……你这可怜的孩子……人死不能复生,红颜终究薄命,就让姐姐的手,代替妹妹的手,抚去你脸上的泪痕,就让我的胸膛,代替她的胸膛,温暖你的心房……

〔幕后传呼:"夫人到——"

〔虞姬身着一袭红裙,宛如一团移动的火焰,跟跟跄跄地上。

〔项羽猛地推开吕雉,怔住。

〔吕雉大惊失色。

虞姬 (不相信眼前情景,痛苦万端地)你——

第二节

〔伤感的琴声中,灯光渐暗。天幕上那轮圆月吐放清辉,照耀着那座古老的桥梁。

〔马蹄声起,钢琴声止。

〔虞姬做乘马舞蹈状上。

〔战马嘶鸣。虞姬做被战马掀下状。

虞　姬　(站起来,痛苦地)马儿,马儿,为什么要扬起前蹄,把我掀下鞍桥？难道我的痛苦还不够深重吗,你也要来雪上加霜？难道你不是我从江东骑来的骏马？难道你不思念故乡？难道你与那负心的人儿一样,迷恋在灯红酒绿的秦宫里不能自拔？难道你也是喜新厌旧的轻薄儿,有了新衣衫,便扔掉旧衣裳?(走上古桥,举头望月)月亮啊月亮,你是我们俩爱情的见证,想当年我俩在你的光辉下双双起誓,生要同衾,死要同穴。他发誓的声音还在我的耳边回响,可他的心已经献给了那些妖姬淫娃。月亮啊月亮,秦地的一切都是这么陌生,只有你是我江东的故旧,我只有对着你倾诉衷肠。我该怎么办?难道就这样离他而去,让我们三年的恩爱付之流水?你这个冤家,我是这样地恨你,可又是这样地割舍不了你,月亮,你救救我这进退两难的女子吧……

[马蹄声起,项羽持马鞭上。幕后群马嘶鸣,表示项羽是带着若干侍从追来。

项 羽 (嘲讽地)夫人,你是出来赏月呢还是练习骑术?

虞 姬 (反唇相讥)这是谁?身披着锦绣的龙袍,头戴着黄金的冠冕,侍从如云,妻妾成群,该不是死而复生的秦始皇吧?!

项 羽 夫人!

虞 姬 (嘲讽)可这人一张口,又是满嘴的江东口音,听来很像那个避祸江东,为人家看家护院,放牧牛羊的阿籍。

项　羽　(怒)夫人!

虞　姬　谁是你的夫人?我的丈夫已经淹死在秦宫的胭脂水里,我是一个守寡的民女。

项　羽　虞,你太任性了,你太不给我脸面了。你深夜私奔,成何体统?你让我堂堂联军统帅如何见人?

虞　姬　我说了,我与你素不相识,更不是你的夫人。我是明逃还是私奔与你无关!我是死是活,与你何干?!

项　羽　(软下来)虞,别耍小孩子脾气了,跟我回去吧。(上前拉住虞的手)

虞　姬　(甩开项羽的手)别碰我,别让你那只摸遍了秦宫女人的脏手,玷污了我的肌肤。

项　羽　(恼怒地)虞,你不要听信那些流言蜚语。

虞　姬　难道你没坐过秦始皇的龙椅?

项　羽　坐过,我不但坐过他的龙椅,还躺过他的龙床。

虞　姬　（冷笑）听说你还临幸了秦宫的三千美女？

项　羽　我让她们躺在地上，踩着她们的肚皮走了一趟。

虞　姬　（嘲讽地）大王果然是盖世英雄！

项　羽　十几年前，秦始皇游会稽时，我就说过"彼可取而代之"，我终于实现了自己的理想。

虞　姬　这么说，你要留在这里称帝了？

项　羽　这是亚父的强烈愿望。

虞　姬　你真的要成为第二个秦始皇？

项　羽　这是大事，我正要与你商量。

虞　姬　跟我商量？龙椅你坐了，龙床你躺了，龙女你踩了，你还跟我商量什么？至高无上的皇上，什么时候举行登基大典呀？

项　羽　虞啊，你能不能好好跟我说话？能不能让你的话语中少些锋芒？我记得从前你可不是这样。推翻了暴秦大家都欣喜若狂，唯独你还对我嘲讽诽谤。

虞　姬　我本是江东一粗俗民女，比不上你那些新宠优雅温良。

项　羽　你到底受到了什么委屈？你究竟要我对你怎样？我推翻了暴秦你不高兴，难道我战死沙场你才舒畅？就算我代秦当了皇帝，难道你不是皇后娘娘？

虞　姬　我不稀罕什么皇后娘娘，我要回江东养蚕采桑。

项　羽　虞，别闹了，快快上马跟我回城，是走是留咱慢慢商量。你难道还要我给你下跪？

虞　姬　这样的大礼我可不敢担当。

项　羽　（做跪状）我可要跪下了。

虞　姬　你跪呀。

项　羽　（憨厚地）回去再跪吧，当着侍卫们的面下跪，我丢了面子，你脸上也无光。

虞　姬　我早就知道你是虚情假意。

项　羽　虞，我要对你虚情假意，就让天打雷劈了我。

虞　姬　哪个要你发誓？

项　羽　行了，消气了吧？听话，跟我回去，你看，月亮都偏西了。

虞　姬　阿籍，你不知道我心里是多么厌恶这秦都咸阳,你不知道我是多么地恐惧这秦宫的森严气象。我夜夜做噩梦,梦中闻鬼哭,醒来后冷汗浸透了衣裳。子羽,求求你,带我回江东吧……

[范增上。

项　羽　(恭敬地)亚父。

范　增　大王。娘娘。老臣有礼了。

项　羽　是谁如此嘴快,深更半夜惊动了您?

范　增　(讥讽地)大王月下追娘娘,这千古未见的奇景,老臣怎能不观赏?

虞　姬　(生气地)有话直说,何必绕着圈儿骂人?!

范　增　(拱手道)娘娘言重了,范增没有这份胆量。

虞　姬　(生气地)哼!

项　羽　(不快地)这是我的家务事,亚父何必操心?

范　增　(正色道)帝王没有家务事。大王,容老臣斗胆进言,为人君者,一言一行,干系国家社稷;为皇后者,一颦一笑,影响社会风尚。娘娘斗气使性,月夜私奔,有失体统;大王月下追赶,儿女情长,有损尊严。方今天下初定,大王登基在即,竟然发生这等荒唐事,实令老臣失望!

虞　姬　我根本不想做这见鬼的皇后！

范　增　(寸步不让)国母尊位,有德者当之。

虞　姬　听亚父的意思,我是无德之人了？

范　增　老臣不敢非议娘娘。

项　羽　难道我们非要在这充满尸臭的地方定都称帝？

范　增　(下跪)这是上天赋予大王的职责,也是令叔上柱国项梁公生前的期望。

项　羽　灭了暴秦,雪了国恨,报了家仇,我想我的任务就完成了。

范　增　(以额撞地,凄厉地)大王啊！这是上天的旨意啊,您怎么还在犹豫彷徨？！咸阳坐镇关中,四围群山拱卫,层峦叠嶂,八川分流,渭河荡荡,气候宜人,沃野千里,这可是难得的风水宝地,天下英雄,莫不垂涎三尺。大王啊,机不可失,时不再来,痛下决心,及早登基吧！

虞　姬　(冷笑)亚父,我一直将你视为忠厚长者,想不到你竟是巧舌如簧。这里气候干燥,土地荒凉,怎比我江东鱼米乡？这里没有柳烟桃霞,莺歌燕舞；这里没有小桥流水,吴侬软语。说什么咸阳山河四塞,层峦叠嶂,不也没挡住大王和刘邦的兵马嘛!子羽,你只顾自己称帝,忍心让跟你浴血奋战的八千子弟挥泪东望?你只顾一人灯红酒绿,忍心让那些弱妻稚子哭断柔肠?子羽,我的亲人,我们回去吧,回去吧……

范　增　(磕头不止)大王啊,不要被妖言迷惑了神志,女人是祸水,商纣的悲剧切记莫忘!

项　羽　(不耐烦地)亚父,你起来。

范　增　(磕头见血,痛切地)大王啊,请听老臣的忠言!

项　羽　(怒)起来!

范　增　(站起来)不要为一个女人,毁了千古帝业,女人,不过是一件衣裳。

项　羽　亚父,你过分了!

范　增　老臣该死!

项　羽　虞的话也有她的道理。我不能为一人富贵让八千子弟骨肉分离。再说,我的确也不喜欢这被厚厚的黄土覆盖着的地方。秦宫虽好,总不是我的家,凤凰不会栖在乌鸦的巢穴。

虞　姬　(扑进项羽怀抱)子羽,我的亲人,你的觉悟,让为妻心花怒放。

范　增　(拔剑跃起,向虞姬扑去)妖姬!你坏了大事!

项　羽　(疾速拔剑,将范增的剑打落在地,暴怒地)范增,你竟敢如此猖狂!

范　增　(跪地,绝望地捶胸恸哭)怪不得人家说"楚人沐猴而冠"!

项　羽　你敢骂我?

范　增　老臣求死!

项　羽　看你这满头白发,我原谅你。

范　增　(仰天长叹)可惜这巍峨的宫殿,不知何人入主?!

项　羽　我一把火烧了它!

范　增　可惜这大好的河山,不知何人称帝。

项　羽　我裂土封王,大家有福同享!

范　增　我已经看到了刘邦戴上了皇冠!

项　羽　(大笑)刘邦?我要杀他如同探囊取物。

范　增　(大哭)项梁公啊,我辜负了你的期望。

项　羽　倔老爷子,别哭了,难道你这满口松动的牙齿,还能咬动秦地的锅盔?回咱们江东喝糯米粥吧。

　　　　［项羽、虞姬相拥下。

　　　　［范增随后下。

第三节

〔一间破败的陋室,窗户棂儿类似监牢的铁窗。室内摆着一几一床。

〔明月光辉,照耀着坐在窗前的吕雉。墙上悬挂一面铜镜,她对镜自赏,发出一声叹息。

吕　雉　时光如箭啊,岁月无情,青春将逝,美人迟暮。刘邦啊刘邦,今夜你宿在何处?谁家的女儿躺在你的枕边,做你的一夜新娘?

〔虞姬披一件锦绣披风,与一侍卫上。她将披风抖下,侍卫接住。她一人走进室内,侍卫退下。她凝眸注视着铜镜前的吕雉。

吕　雉　(目光仍然注视着铜镜,冷冷地)如果我没有猜错的话,身后伫立者,就是名满天下的虞美人了。

虞　姬　(稍感慌乱)吕夫人过奖。

吕　雉　(嘲讽、嫉妒地)怪不得霸王对夫人百依百顺,如此艳色,别说男人了,连我这半老的女人,也为之怦然心动。

虞　姬　(惶惶然)夫人言过其实。

吕　雉　(嘲讽)听说夫人闺房专宠,与霸王如影随形,如此良辰美景,为何一人独行?不会是霸王另有新欢了吧?

虞　姬　(羞恼地)夫人何必唇枪舌剑,冷嘲热讽?我来看你,原本是一片好意,你何必步步紧逼?

吕　雉　(冷笑)一片好意?我实在猜不出你的好意是什么,是吃饱的猫儿戏耍老鼠的好意吗?

虞　姬　(恼怒地)怪不得人说吕雉心狠嘴毒,果然是个老辣角色。

吕　雉　(大笑)论青春美貌,雉不如虞;但要比处世经验嘛,你还是个雏儿。你不愿说,那就让我猜猜你的来意吧!

虞　姬　你不要太自信了，夫人。

吕　雉　(冷笑)女人经多了男人，就像男人见多了女人一样，虽不敢说料事如神，但也是洞若观火……你来看我，是因为项羽率军去追赶汉王，明月皎皎照空床，夫人耐不住闺房寂寞，便前来戏耍于我，聊以解忧？

虞　姬　(冷笑道)按夫人的逻辑推论，那天下最有见识的当是青楼女子和花街少年了？！

吕　雉　你说的未尝不对。青楼女子重实利，花街少年知享乐；打天下时重实利，打下天下知享乐。这正是古今帝王之道啊！

虞　姬　(大笑)物以类聚，有其夫必有其妇。

吕　雉　(大笑)人以群分，有其妇必有其夫！

虞　姬　早就听说吕夫人放浪不羁，心黑手毒，胜过男儿，今日一见，果然是名不虚传！

吕　雉　虞夫人的名字也是如雷贯耳，今日得见，果然是小家碧玉，天生尤物。

虞　姬　你对我言多讥刺，难道不怕我让人将你凌迟处死？

吕　雉　那样你就不是虞姬,我也不会用这样的态度待你!

虞　姬　如果我现在就下令让人将你拉出去呢?

［吕雉微笑不语。

虞　姬　来人!

［侍卫急上:"夫人有何吩咐?"

吕　雉　你家主母让你把我拉出去杀了!你可敢动手?!

侍　卫　(犹豫地看着虞姬)夫人……

虞　姬　没事了,你退下去吧!

吕　雉　(大笑)我早就知道你是菩萨心肠,不会妄杀阶下之囚。汉王和项王曾经结为兄弟,你我何不姐妹相称?今日一见,我还真有点爱上了你。

虞　姬　你不配。

吕　雉　我不配吗?几年之后,我也许就是大汉朝的开国皇后哩。

虞　姬　(大笑)你那丈夫,正被我的丈夫追赶得像丧家的野狗!

吕　雉　胜败乃兵家常事。

[侍卫提一食匣奔上，跪报："夫人！大王追杀汉军至睢水，汉军死伤十万，尸体堵塞了河水！"

虞　姬　大王呢？

侍　卫　大王正率队追击刘邦！

虞　姬　知道了。

侍　卫　大王让传令兵带来了一只睢水镇脱骨烧鸡和一瓶睢水大曲，请夫人享用。

虞　姬　让来人回报大王，速速回兵，就说我正在盼他回来。

[侍卫把食匣献上，弓身退下。

[虞姬打开食匣拿出两个酒杯，往杯中倒了酒，说："吕夫人，来呀，干一杯，庆贺我的夫君的胜利！"

吕　雉　你夫君的胜利就是我夫君的失败，吕雉不贤，也不会干这杯酒！

虞　姬　那就为了我们夫妻恩爱干一杯！

吕　雉　我对天下的恩爱夫妻满怀着妒忌，这杯酒我不干！

虞　姬　那就为我们今晚的相识干一杯。

吕　雉　为了两个截然不同的女人的相识干杯！

　　　　［两人端起杯相碰，一饮而尽。

虞　姬　好酒！这酒喝到口里，甜到心里，因为这是我夫从百里之外送来的一片爱意！

吕　雉　可惜路途遥远，这酒已经酸了！

虞　姬　酒没酸，是你的心先酸了。

吕　雉　只有目光短浅的小女人才会以酸当甜！

虞　姬　只有心怀妒忌的女人才会以甜当酸。

吕　雉　酸作甜，甜当酸，甜中本来就有酸，酸中原本就有甜，酸酸酸，甜甜甜，酸酸甜甜，甜甜酸酸，这杯酒的滋味可是不一般哪！

　　　　［吕雉大笑不止，虞姬很是被动。

虞　姬　我的夫君于百里之外，战阵之中，还不忘记给我飞马传送美酒佳肴，这酒，即便是真酸了，喝到我的嘴里也是甜的！夫人，汉王可曾这样对待过你？

吕　雉　汉王想的是天下大事，从不把这些小恩小惠的事放到心上！

虞　姬　你认为夫妻恩爱是件小事?
吕　雉　与帝王之业相比,一切都是小事!

　　[侍卫飞奔来报:"报夫人!大王派人送来一匹锦缎,让夫人披在身上挡挡寒气!"

虞　姬　大王在何方?
侍　卫　大王已经渡过睢水,正在追赶汉王。
虞　姬　告诉来人,让大王速速回程,就说我在这里翘首相望!

　　[侍卫退下。虞姬展开大红锦缎,披在身上,在镜前打量着自己的身影。

　　[吕雉坐在案前,自己往杯中倒了一杯酒,一饮而尽。然后又倒了一杯。

虞　姬　夫人,您虽然自命不凡,但并没有猜到我今晚的来意。我并不想像猫儿戏鼠一样戏耍于你,我发现,如果我是猫,你就是一匹狼! 我来看你,是想放你回去,劝说你那刘邦,让他退回汉中,安分守己,好好做他的汉中王,不要因为他一个人的野心,搞得天下不得安宁。
吕　雉　(倒酒入杯,自饮)妹妹,如果我是你,我就要让我的丈夫穷追不舍,把敌人一网打尽,奠定帝王基业,永享富贵,而不是用儿女情长牵他的后腿!

虞　姬　你那刘邦,奸诈刁滑,背信弃义,重色轻友,混账赖皮,这样的人,怎么能当皇帝?

吕　雉　(冷笑)唯其如此,他才能当上皇帝。你那项羽,倒是忠厚仁义,谦恭有礼,心地坦荡,英勇无比,但他充其量是个奇男子,离皇帝的宝座,还差相当的距离。更何况,他娶了你这样一个妻子……几年前他本可以定都咸阳,君临天下,但可惜错失了这天赐良机。我想,项羽舍弃关中,定都彭城,多少也是听了妹妹的主意吧?

虞　姬　(深受震动,语塞片刻)即便刘邦当了皇帝,即便你做了皇后,可我听人说,刘邦帐中早有了戚夫人八夫人一群夫人,他与你只有夫妻之名而无夫妻之实,做这样的皇后还有什么意思?

吕　雉　(被勾动心事,但外强中干地)小女子才追求男欢女爱,大女人要的是流芳百世!

虞　姬　既然想流芳百世,为什么还要私通审食其?

吕　雉　这难道也值得你惊奇？妹妹,人最大的弱点是不彻底。难道有朝一日汉王得了天下,霸王一败涂地,妹妹心中就平静如水？

虞　姬　那我们就去做一对男耕女织的恩爱夫妻。

吕　雉　(冷笑)你懂不懂箭在弦上,不得不发？你懂不懂骑虎背上,身不由己？……不过,如果那时你沦为我的阶下囚,我也许会让汉王把你封为贵妃。

虞　姬　你不怕我让霸王杀了你？

吕　雉　霸王心慈手软,这就是他的悲剧所在。

虞　姬　你等着吧,也许明天早晨,你就会看到刘邦的首级。

吕　雉　汉王虽然一时难抵霸王的勇力,但他的帐下,收纳了天下的英才奇士,羽翼已成,他必将取得最终胜利。我的美貌的妹妹,你就准备与姐姐共事汉王,同享富贵吧！到那时,我要将那戚夫人剁成人彘,对你嘛,自然是优待有礼,因为,如果项羽帐中的美人是我而不是你,那任凭刘邦有天大的本事,也当不了一统天下的皇帝。从某种意义上说,你是未来的大汉国的第一功臣。你是男人床上的尤物,也是祸国的妖精!

虞　姬　(大怒)呸!你这无耻的淫妇!

吕　雉　当然,如果项羽活着,我更愿意让他代替审食其。皇后的尊位我要,男人的肉体我也决不放弃。

　　[虞姬大怒,将身上的红色锦缎扔到吕雉头上,然后怒冲冲地坐在几旁。

　　[吕雉身披锦缎站起来,走到镜前打量着自己。

　　[虞姬倒酒自饮。

吕　雉　(已有醉意,对镜叹息)唉!时光如梦,人生易老,一转眼间,我已是三十八岁,这鲜艳的红绸,更显出了我容颜的憔悴。妹妹,你也许不知道,想当年姐姐也是沛县城里有名的美人!我与那刘邦,也曾像你与霸王一样,卿卿我我,片刻也不能分离……但鱼与熊掌不可兼得,想做帝王后,就要割舍儿女情!青春易逝,帝业永存!

虞　姬　(自斟自酌)听你的意思,是我毁了项王的千秋基业?

吕　雉　你也不必过分自责。项王毕竟从你身上尝到了千种温存,万般风流,你毕竟是天下第一美人嘛!但你要知道,男人的身体里天生就流淌着争强好胜的血,当有一天,他从你的怀里醒来看到大好江山已经有主,他就会恨你!他甚至会亲手杀了你!如果我是男人,我也会亲手杀了你!

虞　姬　(猛地干了一杯酒,神经质地大叫着)你们不会得逞的!

　　〔侍卫飞跑进来,跪道:"报夫人,大王追赶刘邦,刘邦为了轻车速逃,两次将亲生儿女推到车下……"

吕　雉　(动容)我的盈儿啊!

虞　姬　后来呢?

侍　卫　大王说,他看到那一双小儿女哭得实在可怜,就放了他们。

虞　姬　大王呢?

侍　卫　大王挂念夫人,正在飞马回奔。

虞　姬　速去告诉大王,让他勿以我为念,一定要把刘邦捉住,碎尸万段,以绝后患!

吕　雉　妹妹,晚了!你那项王骑的是千里马,我那汉王坐的是追风车,南辕北辙,追不上了!

虞　姬　(挑战地)不知夫人听到刘邦的禽兽之行时有何感想?

吕　雉　我为我的汉王感到骄傲,为了至高无上的帝位,连亲生儿女也能舍弃!

虞　姬　(步步紧逼)那你为什么还要痛呼盈儿?

吕　雉　(坦率地)我毕竟也是一个女人。就像你也是一个想让项羽当皇帝的女人一样。你不是让侍卫传令项王把刘邦碎尸万段吗?

吕　雉　(与虞姬对面而坐,为自己倒了一杯酒,又为虞姬倒了一杯酒)妹妹,我身上有你,你身上也有我,我们是难姐难妹!

虞　姬　(端起酒杯)干杯!

吕　雉　为了什么?

虞　姬　(沉思片刻,猛地将杯中酒泼到吕雉脸上)为了你让我清醒!

吕　雉　(也把酒泼到虞姬脸上)为了你让我糊涂!

第四节

［明月高挂,照耀古桥。
［白发苍苍、老态龙钟的范增跟跟跄跄地上。

范　增　(悲愤交加,仰天长呼)竖子不足与谋!竖子不足与谋!!竖子不足与谋!!!(剧烈咳嗽,吐血数口)苍天啊,明月啊。大楚国列祖列宗,项梁公在天之灵,你们都看到了吧?你们都看到了呀!我范增无能啊,竟然说不动那愚蠢固执的后生。我空受了楚国祖宗的恩泽,我辜负了江东的百姓,我没完成项梁公的嘱托,我无颜偷度余生。多少次功亏一篑,多少次功败垂成。眼见着大好的河山就要姓刘,大楚国啊,你选错了传人!天意难违啊,就让我死在这滔滔的河水中吧,我再也无法忍受这刻骨的创痛!

[范增掀起衣襟蒙住头,欲从桥上跳水自杀。

[马蹄声疾,虞姬骑马急上。

虞　姬　(高呼)亚父!

范　增　(放下衣襟,冷冷地)是你?!

虞　姬　(急切地)亚父,速速跟我回去!

范　增　(仰天长笑)回去?回去?老夫是要回去了!

[范增纵身欲跳河,被虞姬扯住袍袖。

范　增　(悲愤地)尊贵的娘娘,为何要挡住老夫的求死之路?死了我你们耳边何等地清静!快回去陪大王与刘邦讲和吧,从此后你们便可永享太平!

虞　姬　亚父,项王需要你!

范　增　(冷笑)天下大事已定,大王果断英明。老夫耳聋眼花,已经老糊涂了,何必留在这里碍手碍脚讨人嫌呢?老夫知趣而退,谢谢娘娘的一片真情。

虞　姬　(深情地)亚父,我知道您受了委屈,所以星夜赶来。亚父,您是看着我们长大的,待我们如同亲生。没有您的辅佐哪有我们的今天？您的恩德比山还重。项王虽能力敌万人，但骨子里却是一副顽童脾性，小女子也是少年幼稚，做了很多糊涂事情。还请亚父大人海量，我替项王向您赔罪鞠躬。

范　增　（摇头）江山易改，难改本性。多少往事历历在目，多少愤懑郁结在胸。三年前我设下鸿门大宴，欲杀那刘贼以绝后患。可大王他心慈手软优柔寡断，竟让那刘邦死里逃生。气得我砍破了一双玉斗，大王他半装糊涂不问不听。后来我劝他定都咸阳，镇关中阻四塞天下一统，谁知他儿女情长英雄气短，寡谋少虑目光短浅，烧阿房、掘秦陵，回师彭城，千古难逢的良机错失，想起来老夫不由得顿足捶胸！

虞　姬　（羞惭地）亚父，这是小女子的大错，我是大楚国的罪魁元凶。只可惜大错铸成，百死莫赎……

范　增　这一次救彭城大获全胜，追刘邦至荥阳兵勇将猛，大王他切断了刘邦粮道，众汉军饥寒交迫困守孤城。贼刘邦竟提出楚汉议和,糊涂的大王满口答应。你们也不想一想,打成了这大好局面,牺牲了我们多少江东子弟?此时讲和岂不是前功尽弃?让煮熟的鸭子再次飞走,怎能对得起战死的弟兄?怎能对得起江东的孤儿寡母?怎能对得起后方啼饥号寒的百姓?任老夫说得唇敝舌焦,大王他偏要一意孤行。大楚国的子孙们哪,老夫不忍心看到你们面临的悲惨结局,就让我先死了吧,也落个眼不见,心安静!(范增跪在地上,号啕着)大楚国的列祖列宗啊!你们看到了吗?

虞　姬　(独白)亚父一席话让我内心震动,又想起与吕雉的唇舌交锋。看起来我真是个任情使性的小女人,损害了灭秦复楚的大业,耽误了项王的远大前程。从今后我要洗心革面,顾全大局,牺牲儿女感情。与他的帝业相比,我的爱情比鸿毛还轻。(转向范增,下跪)亚父,小女子这一次是知错必改,我愿协助您劝说大王回心转意,鼓舞他的斗志,厉兵秣马,一鼓作气,攻下荥阳孤城,使灭秦复楚的大业早成功!

范　增　(惶恐爬起)娘娘请起,如此大礼,岂不折杀老夫!

虞　姬　亚父答应跟我回去吗?

范　增　(犹豫地)这……

虞　姬　您不答应,我就长跪不起了。

范　增　(跪地)娘娘如此隆恩,范增虽肝脑涂地,无以为报!

［马蹄声中,项羽上。

项　羽　(冷冷地)我还以为是一对青年男女在拜月定情呢,原来是我的夫人和一个白发老儿。

虞　姬　(恼怒地)大王!

范　增　大王,君王口中无戏言!

项　羽　范增,原来你还在这里磨磨蹭蹭,我还以为你返回江东了呢!

范　增　大王,是娘娘苦苦将我挽留。

项　羽　天要降雨,娘要嫁人,要走就走,何必挽留?!

虞　姬　大王,我为你留住一个江山社稷!

项　羽　什么时候,你也学会了这套陈词滥调,是范增教会你的吗?

范　增　大王啊,老臣斗胆冒死再谏,决不能和那刘邦签订和约!

项　羽　到底我是大王,还是你是大王?

范　增　大王,忠言逆耳利于行,良药苦口利于病。方今刘邦已困守孤城,兵疲粮绝,正可一鼓而歼之。签订和约,无疑是重演那鸿门故事,放虎归山,遗祸无穷啊!

虞　姬　大王,请听亚父诤言,速速调兵遣将,攻下荥阳,斩杀刘邦,一统天下,成就帝业。

项　羽　真是六月的天,女人的脸,说变就变,你怎么突然也对这帝业感起兴趣来了呢? 如果想当皇后,那咸阳城中何必私奔?

虞　姬　那正是妾身犯下的千古大错。

项　羽　我打够了,打烦了。

范　增　不歼灭刘邦,大王怎能一劳永逸?

项　羽　刘邦不过是个无赖泼皮。这次他用五十六万大军攻陷彭城,我只用三万人马就打得他丢妻抛子,狼狈逃窜。留着他吧,权当我身上养了一只臭虫。

虞　姬　大王,那刘邦是人中枭雄,绝不能再让他休养生息。

项　羽　虞啊,你不要为范增帮腔作势,这里边隐藏着阴谋诡计。

范　增　大王,您的话老臣越听越糊涂。

项　羽　(冷笑)你是倚老卖老装糊涂,其实你的心里好似明镜。

虞　姬　大王,我恳求你请亚父回去。没有他的襄助,我们只怕死无葬身之地!

项　羽　虞啊,你受了他的蒙蔽。

范　增　(长叹)唉!大王好自为之,老夫告辞!

虞　姬　大王!

范　增　娘娘善自珍重!

虞　姬　亚父!

〔范增转身欲走。

项　羽　(厉声)范增!

〔范增、虞姬都惊悚不已。

范　增　大王还有何吩咐?

项　羽　事到如今,你还在给我演戏!我问你,从何时起,你卖身投靠,当了刘邦的奸细?

范　增　苍天在上,黄土在下,老臣可以起誓。

虞　姬　大王,亚父忠心耿耿,天地共鉴。

范　增　大王啊,这天大的冤枉,完全是无中生有,让老臣从何讲起?起兵八年来,我为你运筹策划,宵衣旰食,楚营将士有目共睹,大王您……您也不是瞎子!

项　羽　(拔剑)你竟敢骂我瞎子?!

范　增　事关名节,老臣据理力争,决不惜死!

项　羽　这么说是我冤枉你了?!

范　增　愿大王讲出事实。

项　羽　我不讲谅你也不会承认。

范　增　大王请讲。

项　羽　前日我派使者入汉营。汉官摆出盛大宴席,使者方欲就餐,忽出一官盘问来使。当得知使者是我派遣,他即下令撤去美酒佳肴,换上一桌粗粝饭食。他说:我还以为是亚父的使者,原来是项王使者,你只配吃这些粗糙东西。如你跟刘邦无私,怎么会出现这种怪事?!

虞　姬　大王,这一定是刘邦的反间之计!

范　增　(委屈愤怒地)这种浅薄诡计,大约只能骗过三岁小儿!

项　羽　(暴怒)范增,你刚骂过我是瞎子,现在又骂我是小儿,(拔剑出鞘)你以为我真的不敢杀你?!

范　增　复国无望,老夫已将生死置之度外,能死在你的手中,也是老夫的造化!大王请吧!

　　［范增将头探向项羽。

虞　姬　(挺身向前)要杀亚父,请先杀了虞姬!

项　羽　(恨恨地插剑入鞘)看在虞的面子上,我饶你这条老命。滚吧,从今之后,别再让我看见你!

范　增　(悲怆地)大王,好自为之啊!

　　［范增前行几步,突如一堵墙壁,沉重倒地。
　　［虞姬扑上前去,痛呼:"亚父——!"

项　羽　滚起来,别躺在地上装死!

虞　姬　(站起来,冷冷地)你已经把亚父活活气死!

项　羽　私通刘邦,本该砍他的首级,全尸而死,让他占了便宜。

虞　姬　大王,你真令我失望!

　　［虞姬转身跑下。

项　羽　虞,你要去哪里?

　　［舞台上只留下项羽孤家寡人,月光熄灭,一束白光笼罩着垂头丧气的项羽。

第五节

［卧房。

［大红宫灯高挂,红烛高烧。

［卧床上挂着红纱帐,帐上绣着大红喜字。

［虞姬独坐,心事重重。

虞　姬　大王啊,为了你的千秋大业,妾身今天要做一件惊天动地的大事。这是一副峻烈的苦药,但愿我的夫你能把它吞下。子羽,你不要辜负了我一片苦心……

　　　　［侍卫押着吕雉上。

侍　卫　夫人,遵您的令,已将吕雉押到!

虞　姬　你退下去吧!

[侍卫退下。

吕　雉　不知妹妹把我唤来有何吩咐？

虞　姬　（冷冷地）你自以为知人甚深，料事如神，难道还猜不出我请你来的目的？

吕　雉　（笑道）像妹妹这种痴情女子，除了跟项王那点子缠绵感情，还能有什么大事？无非是项王出外征战，妹妹一人孤单难熬，将我拉来与你斗嘴解闷儿！

虞　姬　你难道不晓得人别三日便应刮目相看？

吕　雉　分别三年，你也是好使小性子的小女子。听说你经常让项王趴在地上，给你当马骑？

虞　姬　过去确有此事。

吕　雉　（大笑）我实在想象不出，勇冠三军、八面威风的西楚霸王，背上驮着一个女人在地上爬来爬去是个什么样子……

虞　姬　这种事情永远不会再发生了……

吕　雉　妹妹何出此言？

虞　姬　（盯着吕雉，一字一句地说）因为我要将他让给你！

吕　雉　（愣了片刻，然后大笑）妹妹这个玩笑可是开大了！我怀疑自己的耳朵出了问题！

虞　姬　没人跟你开玩笑！

吕　雉　像妹妹这样的痴情女子，恨不得将那男人吞到肚子里。把项羽让给我？这等于让老虎从口里吐出一只活鸡！

虞　姬　（将吕雉一把推到凳子上坐下）为了大楚国的江山社稷，我愿让你赚这个便宜。

吕　雉　这是猫戏老鼠的把戏！（站起来）虞夫人，吕雉虽然身为囚徒，也不会任你当傻瓜玩弄！

虞　姬　（厉声大喝）你给我坐下！

吕　雉　（吃了一惊）夫人也能发河东狮吼？这倒有点稀奇。罢了，在人房檐下，不敢不低头，我就装一次傻瓜看看你能玩出什么把戏！

虞　姬　（脱下身上的红裙披到吕雉身上，退几步端详着）这件红裙，你穿着比我更加合适！

吕　雉　（托起裙裾）这是上等的锦缎，刘邦从没给我置过这样的彩衣。

虞　姬　（摘下头上的凤冠戴到吕雉的头上，退几步端详着)这顶凤冠我戴着晃晃荡荡,好像专门为你定制。

吕　雉　任凭妹妹你折腾吧,谁让我比你多了这些年纪。

虞　姬　让我看看,果然是人是衣服马是鞍,你年轻了十岁!

吕　雉　这话我听了很惬意。

虞　姬　重要的是你有一颗年轻的心。

吕　雉　青春将逝的女人,如果心也随着年龄老,那就完了!

虞　姬　(端起化妆的盒子走到吕雉面前)这圆月般的脸庞还应该敷上一层粉……

吕　雉　但愿白粉能遮住我的皱纹。

虞　姬　这腮上的胭脂还可涂得更艳。

吕　雉　你最好给我涂上两片红唇。

虞　姬　这眉毛还应画得更细!

吕　雉　你还要贴上两片花黄妆点我的云鬓。

虞　姬　(放下化妆盒,搬起镜子)吕雉半老,风韵犹存。

吕　雉　(打量着镜子里的自己,不觉潸然泪下)这是我吗?

虞　姬　姐姐为啥流泪,难道不怕泪水污染了脸上的脂粉?

吕　雉　我跟着刘邦几十年,颠沛流离,风餐露宿,粗茶淡饭,布衣荆钗,还从没这样美丽过……(提高声音)但这样的日子很快就要结束了!等我的夫君南面称帝,我要用五彩的绸缎,缝上一千套新衣;我要用一万颗珍珠,镶嵌成我的头饰;我要用——

虞　姬　(冷笑道)姐姐这些话,好像痴人呓语!

吕　雉　我相信不久就会变成现实!

虞　姬　姐姐,你难道不知道,那刘邦爱的是戚夫人?

吕　雉　但我的儿子是当然的太子!

虞　姬　废长立幼,是常演的宫廷故事!

吕　雉　(咬牙切齿地)我吕雉不是任人宰割的羔羊,谁如果要夺我的皇后尊位,我让她不得好死!

虞　姬　我不怀疑你能斗过戚夫人,但你能斗过刘邦吗?

吕　雉　妹妹,这场戏该结束了,送我回监房吧!让我这人质好好活着,也许还能让项王多支撑些日子!

虞　姬　吕雉,霸王和汉王正在相持,鹿死谁手,还没定局。在这关键时刻,只要项王能得到一个贤内助,那刘邦之败就不容置疑。

吕　雉　(嘲讽地)妹妹不就是贤内助嘛!

虞　姬　人贵有自知之明,我知道,辅助夫君成就大业,我不如你!

吕　雉　(冷笑)你想怎么样呢?

虞　姬　我走,你留,我要你把子羽培养成一个皇帝!

吕　雉　(狂笑不止)你这幼稚浅薄的女人,你以为皇帝是培养出来的吗?江山易改,本性难移!狼走遍天下吃肉,狗走遍天下吃屎!

虞　姬　你难道没听说过,近墨者黑,近朱者赤?

吕　雉　那要日久天长,潜移默化,并不是一朝一夕!更何况你那项羽不是个孩子……

虞　姬　我那子羽恰恰就是个永远长不大的孩子……

吕　雉　你既然立下了雄心大志,完全可以改造你的孩子……

虞　姬　我跟他嬉闹日久,已经管不住自己……

吕　雉　(摘下凤冠,脱下红裙)够了,虞姬娘娘,你把我当猴戏耍已经够了,我已经尽到了一个阶下囚的责任,你就准备好鞍鞯鞭子,等着骑你的红鬃烈马吧!

虞　姬　(揪住吕雉,扇了她一个耳光)你这不识抬举的贱人!你以为我做出这样的决定容易吗?你以为我的心不痛苦吗?你以为我把心爱的男人推到别的女人的床上是儿戏吗?我的心在流血!不,我是把自己的心挖出来献给了你!你知道我是多么样地恨你,我希望你漂亮,但我又怕你漂亮;我为你化妆美容,又恨不得挖出你的眼睛!但为了大楚国的列祖列宗,为了死不瞑目的亚父范增,我忍痛割爱,我做出了一个女人能做出的最大牺牲,可是你竟然毫不领情……

吕　雉　(深受感动)夫人,难道你真的这样想?难道你真要舍弃这宝贵的爱情?

虞　姬　我是你的学生。

吕　雉　你又怎么知道,我不是你的学生?

　　　　[幕后传报:"大王车驾已经进城——!"

虞　姬　(将红衣穿在吕雉身上,又将一匹红绸蒙到吕雉头上。哽咽着)吕雉,你这贱人……姐姐,我的恩人,拜托了……

吕　雉　(掀起红盖头)妹妹,你想让我在霸王面前出丑?

虞　姬　难道你不喜欢子羽年轻的身体?

吕　雉　你那子羽是与你一样的痴情种子,他怎么会喜欢我?你这是往耻辱台上推我……

虞　姬　子羽心善手软,最怕女人的眼泪,姐姐是情场老手,如何让他就范,难道还要我这笨女子教你吗?

吕　雉　妹妹……

虞　姬　他常年征战,患有寒症,姐姐切记,不要让他喝凉酒……

　　　　[幕后高喊:"大王进帐了——!"

虞　姬　(帮吕雉拉下盖头)拜托了……

　　　　[虞姬吹灭蜡烛,抽身退下。

［项羽风风火火地冲上来。

项　羽　虞,虞!你为什么不出城接我?为了赶回来见你,几乎累瘫了我们的乌骓马,(绊了一个跟跄)你怎么连蜡烛也不点上?你怎么一声也不响?但我知道你在这里,因为我已经嗅到了你的香气,你是成心跟我捉迷藏吧?要不就是什么人惹你不高兴了?(在舞台上乱摸着,终于摸到了吕雉,一把将吕雉抱起来,转着圈子)你这小宝贝,你这小鬼头,我看你往哪里躲!(在吕雉的脖子上乱亲着)我看你往哪里藏!你不知道我是多么地想你……(他突然停止了亲吻,将吕雉放到地上)虞,你的气味不对,你今天用了什么熏香?你的皮肤为什么这样粗糙冰凉?是不是病了?(对外大喊)来人哪!

　　　［侍卫急上。
　　　［吕雉回到原位坐下。

侍　卫　大王!

项　羽　秉烛!

　　　［侍卫点着蜡烛,退下。

项　羽　(看到满室喜庆气氛和红绸蒙头的吕雉,颇为惊异)夫人,你这是搞的什么名堂？啊,我明白了,你是想给我一个惊喜,你想让我们的感情像那新婚时一样新鲜纯洁……你那颗小脑袋里,哪来这么多鬼主意？

　　〔虞姬的画外音：大王,我的夫君,子羽,我的孩子……你是个顶天立地的好男儿,你身边应该有个深明大义的好女人……你肩负着复兴楚国的大任,列祖列宗在天之灵注视着你。上天造就了你伟岸的身躯,赋予你盖世的勇力,就是让你当万民之首,做天之骄子。你肩上的担子太沉重,应该有人与你分担。但你的虞无才无德,难当重任,就像亚父所言,国母尊位,有德者当之。今天,妾身为你选定了一个巾帼英雄,女中丈夫,她虽然不如妾身年轻,但也是肌肤丰腴,月貌花容；她上床解风情,下床议国政。大王,你身边需要的就是这样的女人,忘掉妾身,娶了她吧,我在江东,为你歌舞,为你祝福,祝大王早登帝位,天下一统……

［在虞姬独白时,项羽与吕雉一直在玩着游戏,项羽想把吕雉的盖头揭开,但吕雉机灵地回避着,好似一段双人舞。虞姬独白完,项羽猛地挑开了吕雉的红盖头……

项　羽　(惊呆)是你?!怎么会是你!

吕　雉　(跪地施礼)大王远征辛苦,妾身这边有礼了!

项　羽　(转身往外跑)虞!夫人!你开什么玩笑!你在哪里躲着?快快出来,让我抽你二十鞭子!

吕　雉　(满怀醋意、刻毒地)大王,不要喊了,你的虞姬已经私奔千里,任大王喊破了喉咙,她也听不到了!

项　羽　你这贱妇,竟敢说我的虞姬私奔?!

吕　雉　不辞而别,不是私奔,又算什么?

项　羽　住嘴!我的夫人,不容他人非议!

吕　雉　不过,虞姬妹妹这次私奔,顾大局,识大体,算得上是一次壮举!

项　羽　你嘟嘟哝哝,说了些什么东西?!

吕　雉　大王啊!我那深明大义的好妹妹,为了督促你发奋立志,为了让你能成为千古一帝,急流勇退,临行之时,将我推上了你的枕席!

项　羽　你这信口雌黄的贱妇,撒谎也撒得不着边际!知妻莫如夫,我那虞姬,平生最烦的就是所谓的千秋帝业;最向往的就是茅舍桑田,男耕女织。

吕　雉　我的傻大王,你说的是过去的虞姬,今天的她,已经变了!

项　羽　(冷笑道)青山易老,本性难移,天变地变,我的虞也不会变!

吕　雉　大王,岂不闻麦黄一晌,蚕熟一时?你的虞已经变了,否则,她不辞而别作何解释?

项　羽　(暴躁地)阴谋诡计,阴谋诡计!侍卫!

　　　　〔侍卫急上,跪地:"大王……"

项　羽　我问你,夫人去了哪里?

侍　卫　小人不知……

项　羽　立即派人去把她找回来,找不回来,我把你们剁成肉泥!(回头对吕雉)你这贱人,滚回你的囚室,等我拿住刘邦,将你们一锅而烹之!

吕　雉　（膝行至项羽前）子羽,我的弟弟,低一下你那高傲的头颅,看看膝下这个女人,你不知道她是多么样地爱你,你不知道她是多么样地想你,在醒里,在梦里……世界上有千万种罪名,但爱是没有罪的。大王你仁慈之名满天下,为什么对爱你的女人如此残忍？（抱住项羽的腿,仰望着项羽）爱是没有尊严的,虽然我与汉王早已分居,但名分上还是他的正妻,为了爱,我像一条狗,跪在你的面前,双眼流泪,仰望着你,伸出你的手,拉起我,拉起我这可怜的女人吧……

项　羽　（伸手拉起吕雉,吕雉欲扑进他怀,被推开）你,你们到底搞的什么把戏,一个踪影不见,一个哭哭啼啼！

吕　雉　子羽,虞姬妹妹见你难成大器,已经投奔汉王去了。你知道,汉王对她的美色,早已是垂涎欲滴……

项　羽　放屁！（拔出剑）如果你再敢胡说,我就砍下你的首级！

吕　雉　大王,即便你砍下我的首级,我还是要说,虞姬已走，这是不争的事实。撇下你一个人孤孤单单，姐姐我心中万般痛惜。男人身边什么都可以没有，但不能没有女人，因此姐姐我不避形秽，甘心情愿自荐枕席。（卖弄风情地）子羽，阿籍，大王，傻弟弟，姐姐我虽然长你几岁，但这身体还算是婀娜多姿；在感情方面，虞姬是一条清浅的小溪，而姐姐是浩瀚的大海！我要用博大的爱情，包围你，淹没你……为了爱我已经不要自尊，不要脸皮。我的亲亲的弟弟……（跪地，膝行至项羽面前）抱我上床吧，你从虞姬那里得到的，我会让你全都得到；你从虞姬那里没有得到的，我也要让你得到……姐姐要让你知道，什么叫作女人……

项　羽　（推开吕雉）笑话！笑话！我项羽是顶天立地的男子汉，还不至于下作到去占有敌人的妻子！

吕　雉　（站起来）虞姬妹妹临行时留下一句话，让我转告于你……

项　羽　什么话？

吕　雉　"如果一个男人连敌人的女人都不敢占有，

还成就什么千古帝业?!"
- **项　羽**　去他妈的千古帝业,老子偏要回江东种地!
- **吕　雉**　吕雉不贤,愿为大王生儿育女,操帚持箕!
- **项　羽**　你这养面首的贱货,任你花言巧语,我项羽也是心如铁石!今生今世,除了虞姬,我不会沾第二个女人!趁我还没有杀你,滚吧!
- **吕　雉**　(恼羞成怒)你这糊涂虫,你这傻瓜蛋,你这假正经,你这伪君子,你必将死无葬身之地!

第六节

［本节实际上是第一节的继续。舞台布置与第一节完全一样。开场时,定格在舞台上的演员突然"活"起来。

虞　姬　(见到项、吕的亲近状,如雷击顶,痛苦地)你们……(晕眩)

项　羽　(扑上去,抱住虞)虞啊,我的亲人！我是不是见到了你的鬼魂？

虞　姬　(悲愤地)放开我,你这负心的人！

项　羽　不,我再也不放你走了,你我分离已经三年,三年的苦相思啊,已让我的两鬓染上了白霜……

虞　姬　放开我！(挣扎出项羽怀抱)

吕　雉　（走上前去，挡住项羽）妹妹别来无恙？

虞　姬　夫人身体安康？

吕　雉　自从大王将我送回汉营后，我天天锦衣玉食，养得身强力壮！

虞　姬　夫人身强力壮就更不像个女人了！

吕　雉　为了你我把自己养得身强力壮——

虞　姬　为了我？

吕　雉　你可曾记得三年前欠下我那笔旧账？

虞　姬　你我之间确有笔旧账，但债主是我！

吕　雉　三年前你设下迷魂的圈套，让我在霸王前出尽了洋相。你践踏了我的尊严，你污辱了我的爱情，我今天来这里就是专门等你的。（拔出剑，猛地向虞姬刺去）

项　羽　（格开吕雉的剑）贱人，你竟敢拔剑刺我的夫人！

虞　姬　你这阴险毒辣的女人！（拔剑刺向吕雉，吕雉闪身躲到了项羽身后）

吕　雉　（撒娇地）阿籍，看在你我恩爱的分上，替我挡住这个疯婆娘！

虞　姬　(痛苦地问项羽)你们恩恩爱爱?

项　羽　(转身,但吕雉随着他转)你这荡妇满口胡言!

吕　雉　三年前妹妹将我推上大王的婚床,姐姐我自然是当仁不让!那一夜可真是风情万种啊,至今日还让我心驰神往……

虞　姬　无耻啊,你这荡妇!

吕　雉　告诉你吧,阿籍是我的人,你休想把他夺走!

　　[虞姬几近疯狂,仗剑乱刺,吕雉在项羽背后机灵躲闪,项羽大怒,回身时被虞姬刺中了胳膊。

虞　姬　(抛剑在地,痛哭着)子羽,我的亲夫……

吕　雉　阿籍,我的情郎……

　　[两个女人每人抱住项羽一只胳膊,都是泪流满面,项羽左顾右盼,不知所措。

虞　姬　子羽,如果你还爱我,就替我杀了这个贱人!

吕　雉　阿籍,杀了我吧,姐姐愿意死在你的手上……

项　羽　(振臂将吕雉甩出)滚!你这花言巧语、口蜜腹剑的女人!

　　[项羽拥抱住虞姬。

吕　雉　（躺在地上欠起半身，阴险地）虞姬妹妹，汉军围困万千重，不知你是怎么进来的？

虞　姬　是汉王派人护送我进来。

项　羽　（推开虞姬，嫉恨地）你果然是从刘邦那儿来的？！

虞　姬　是的，刘邦让我进来对你劝降。

项　羽　你真的上了那流氓的牙床？

虞　姬　我亲眼看到你们抱到一起，在这万军围困之中做成了野鸳鸯！

吕　雉　（刻毒地）妹妹不在，姐姐当然可以安慰弟弟。

虞　姬　大王啊，你真令我失望！

项　羽　我杀了你们！我要把你们全杀光！（抡剑将桌几劈烂，最后仗剑直指虞姬）你忘了我们的十年恩爱，你忘了我们的海誓山盟！你知道这三年我是怎么样地想你吗？你知道在这重围之中我是怎么样地盼你吗？三年里我两鬓染霜，一夜中我满头飞雪……可是你……却陪着那刘邦上床……

虞　姬　（悲愤交加,有口莫辩）大王……妾身是干净的……我只能以死来证明我的清白……（拔剑欲自刎）

项　羽　（夺过虞姬的剑）我的虞……你死了我还能活吗？

吕　雉　（站起身来,讽刺地）多么感人的戏剧！

项　羽　阴险的妇人,给我闭嘴,我差点中了你的诡计！

吕　雉　项王啊,我对你是一片真情,上可对天,下可对地。

项　羽　虞,我的贤妻,你不要听这条毒蛇胡言乱语,这都是她和刘邦设的毒计。她先说你今夜要和刘邦同床共枕,又说你已在彭城自缢身死。她还说要与我突围归隐,去山野荒村做一对贫贱夫妻。（转对吕雉）你这个卑鄙的女人！

吕　雉　（阴毒地）在爱情面前,没有卑鄙！

项　羽　如果你再不住嘴,我就把你砍成两段,你不要把我的善良,当作软弱可欺！

虞　姬　（明白过来,对吕雉）吕雉,你与刘邦同样地阴险毒辣！（转对项羽）大王啊，你觉悟吧，再也不要受人愚弄。

吕　雉　只可惜已经身陷绝地。

项　羽　虞啊，你来到我身边，我空虚的心灵便有了依托，只要还有你，世间的一切我都可以舍弃。走吧，我要抱着你突出重围。这仗，我打烦了，就让刘邦去做他的皇帝吧，我们回到那会稽山中，过我们的太平日子。

吕　雉　（冷笑）大将军韩信指挥八十万大军，设下了十面埋伏，方圆百里，尽是汉家旗帜。项王即便是勇力过人，怀抱着女人，与其说是突围，毋宁说是送死。奉劝项王及早投降，我担保汉王会善待你们夫妻！

虞　姬　吕雉，我家项王与刘邦不共戴天，怎会屈下铁打的双膝?！我们的事用不着你来操心，想想你自己吧，刘邦爱的是戚夫人，他早晚要杀掉你们母子！

项　羽　虞，别跟这下贱的弃妇白费口舌，走，我们趁着这月夜，突破这韩信小儿纸扎的障壁。

吕　雉　（冷笑）我愿你胁下生出双翅。

　　　［帐外传来楚歌阵阵。

　　　［鼓角齐鸣。

　　　［汉军齐声呐喊："项羽小儿，快快投降！项羽小儿，快快投降！"

　　　［项羽暴怒，一手持铁戟，一手夹起虞姬，狂呼着欲往外冲。

虞　姬　（挣脱项羽怀抱）大王，先让妾身为你做一剑舞，鼓起你的万丈豪气。

　　　［虞姬抽出项羽鞘中剑，翩翩起舞。音乐声起，慷慨悲壮。

　　　［幕后男声独唱："力拔山兮气盖世，时不利兮骓不逝，骓不逝兮可奈何，虞兮虞兮奈若何。"

虞　姬　（且歌且吟且舞）"这是一个流传千古的故事／这是一个历久常新的话题／桃花三月江南雨／东风吹皱春水池／情从风里来／爱自浪里起／游戏着青梅竹马／缠绵着柔情蜜意／情哥哥铿铿锵锵高唱远征曲／俏妹妹凄凄切切低吟别离词／甲光向日斗牛寒／泪眼婆娑长相思／满腹怨恨／为一爱

字/破涕成笑恩情在/青春作伴月圆时。

"爱是一个猜不透的谜底/爱是一个打不破的禅机/红粉消磨英雄志/夕阳残照霸王旗/风从天外来/浪自心头起/抛弃了儿女情长/割断了恨缕愁丝/好男儿轰轰烈烈烧透碧云天/好女子堂堂皇皇遮盖黄花地/长袖连云月光舞/剑气纵横鬼唱诗/满腔热血/写一爱字/长歌当哭泪滂沱/爱到极致是死时。"

〔虞姬自刎倒地。

〔项羽扑上去,跪在美人尸前,哭喊:"虞啊!"

〔灯光重新照耀着项羽、虞姬、吕雉,定格。

项　羽　(缓缓站起来,脱下战袍,撕下壁帐扔到虞姬身上)虞,我的亲人!就让我用楚国的风俗,用熊熊的烈火,送你走上天国之路吧!

〔侍卫持火上,点燃,熊熊火起,虞姬像凤凰般从火中站起,她满面辉煌,格外美丽。

项　羽　(对侍卫)传令三军,准备突围!

吕　雉　大王真要以卵击石?

项　羽　滚,去告诉刘邦,这锦绣的江山,最终还是要姓项！从前我跟他半是认真半是游戏，从今之后，我决不对他讲手软心慈。

吕　雉　（跪地）项王，我的亲兄弟，虞姬妹妹已死，就让姐姐为你叠被铺床吧！

项　羽　（对幕后）弟兄们，拔出剑，举起戟，跨上战马！

吕　雉　（膝行趋前，抱住项羽的双腿）项王，求求你，带上贱妾吧。我现在还是汉军的主母，可以当你突围的盾牌。谅那韩信有天大的胆量，也不敢把我拦挡。

项　羽　（大笑）我项籍堂堂男子，难道还要借一个女人的力量突围？滚开！

　　〔吕雉顺势抱住项羽，一边喊着："项王，我是真心爱你呀！"一边摸出匕首，猛刺项羽。

　　〔项羽打掉匕首，把吕雉踢出去。

项　羽　你这条毒蛇，我要把你剁成肉酱！（举起剑来）

吕　雉　（躺着，媚态惑人）大王，下手吧，贱妾能死在你的剑下，也是三生造化。

项　羽　(终究不忍下手)我不愿让手中的宝剑,沾上女人的鲜血!

吕　雉　(叹息)项羽啊,你连一个想杀你的女人都不忍心杀,还想成就什么帝业?!

　　[定格,灯光渐暗。舞台上只有虞姬在火焰中站着。

吕　雉　(爬起来,两手撑地,凄厉地)虞姬,你这有福的女人,你这一生值了,你用真情换来了真爱,我嫉妒你,我羡慕你,我不如你……

第七节

［明月皎皎，芦花如雪，江声澎湃。
［项羽持剑在江边徘徊。
［幕后传来乌江亭长的喊声："大王，快快上船！这是乌江里唯一的一条船，汉军追来，只能望江兴叹！"

项　羽　（似乎没听到乌江亭长的喊叫声）虞啊，我已突出了重围。我纵马驰骋，斩将掣旗，在我的身后，堆满了汉军的尸体。这普天之下，谁能挡住我的剑戟？可我还是成了孤家寡人，一败涂地。我的兵马，我的将士，都像攥在手中的沙土，不知不觉中流失。这失败来得不明不白。苍天，你不公道,你在捉弄我啊!明明是我连战连捷,可为什么只剩下我自己?连我的虞,也舍我而去……

［幕后,乌江亭长:"大王不必心灰意冷,速速上船吧,小人把您渡过去。江东虽小,但地方千里,人口数十万,足可以让您重整旗鼓,东山再起。"

项　羽　(动情地)江东,我的父母之邦,埋葬着祖先骸骨的宝地。八年征战,离井背乡。那时栽下的小树,已经长成栋梁了吧?那时咿呀学语的孩童,已经成为少年儿郎了吧?我带出来的八千子弟,已经变成了旷野的白骨,还有你,我的虞,也做了异乡之鬼。

［幕后,乌江亭长:"大王,胜败乃兵家常事,乡亲们依然敬重您。"

项　羽　(悲伤地)纵然江东父老可怜我,仍然拥戴我为王,我也没有脸再去见他们了;纵然他们嘴里不议论我,可我的心里又怎能够安静?

［幕后,乌江亭长:"大王,快快上船吧,江东父老需要你。没有你,我们就会沦为刘邦的奴隶。"

项　羽　（热泪盈眶地）我的可亲可敬的父老乡亲们，你们的宽容让我感动，更让我无地自容。看来，我是应该重返江东图大业……

　　［幕后，乌江亭长："大王赶快上船，我已望见了汉军腾起的烟尘。"

项　羽　可我的心里为什么这样空虚？我的虞她昨夜自刎身亡，即便我当上了皇帝，谁来做我的皇后？你已经成了我生命中的一半，砍掉了这一半，我就像断了根的禾苗一样慢慢枯萎！虞啊，你以为一死就能激起我的雄心，我以为你已经激起了我的雄心，但当我面对着这滔滔江水，却感到了空前的心灰意冷。虞，虞啊，你在哪里？难道你真的死了吗？我总觉得昨夜的一切都如梦境。大兵重重围困，竟然冲进去两个女人，也许，我见到的只是女人的幻影？也许，你正躲藏在什么地方等待着我。是在江西？是在江东？虞，你在哪里？我仿佛听到了你衣裙的窸窣，我仿佛听到了你轻柔的歌声，仿佛看到了你飘扬的长袂，宛若翔舞的凤凰，宛若灿烂的彩虹。虞，你真的来了吗？

［舞台后部缓缓升起一个高台，在熊熊的火焰中，站着如同圣母的虞姬。

项　羽　（像孩童般仰望着虞姬）虞，你果然没死，你果然活着，你脚踏着红云，冉冉上升，难道你已经成了仙人，要去那广寒宫中陪伴寂寞的嫦娥？带上我吧，我愿意做你忠实的侍从……

［幕后，乌江亭长：“大王啊，汉军已经逼近了，这是最后的时机，大王，快上船啊！”

［马蹄声、呐喊声连成一片。

项　羽　（激动地）虞，你慢些飞去，等着我。让我扔掉这臭皮囊，让我拉住你的裙裾……

［项羽拔剑自刎，倒地。

［辉煌壮丽的音乐声中，项羽的身体，像电影中的慢镜头一样，又缓缓地站起了。他向虞姬扑去，虞姬也向他扑来。两人都像跳"太空舞"一样，把有限的时空放大延长，舞台一片辉煌。二人终于紧紧地拥抱在一起。

——剧终

锅炉工的妻子

(小剧场话剧)

剧 中 人 物

钢琴教师——阿静,原本是下乡知青,在乡下未婚先孕,无奈与农村青年阿三结婚。回城后当了钢琴教师。

锅炉工——阿三,钢琴教师的丈夫。随妻子进城后,先是当了锅炉工,后失业。在妻子的刺激下犯杀人罪,被处决。

作曲家——建国,下乡插队时是阿静的男友,后回城当了作曲家。

第一节　诀别

　　[一束灯光照亮了舞台右侧的牢笼,笼中的人扶着铁棍站起来,他身上的镣铐哗啦啦地响着。
　　[钢琴教师着一袭黑裙,站在牢笼前,沉默不语。

锅炉工　(尴尬地,用比较容易懂的方言)你……你来了……我还以为你不会来呢,我没有什么事,就是想见见你……

钢琴教师　(把一个包裹递进去)我给你带了点吃的。

锅炉工　我吃饱了,政府让我点了菜。我点了红烧肉、烙大饼、马牙蒜、羊角葱,吃得饱饱的,现在还打嗝呢……唉,进城十年了,还是忘不了这些东西。我知道你嫌我嘴里生葱生蒜的气味,你退后点,别熏着你。

钢琴教师 (百感交集)阿三……三哥……(她将头抵在铁栅上,尖利地)是我把你害了呀……

锅炉工 (感动地)你叫我阿三?你又叫我三哥啦?(感极而泣)阿静,我的亲妹子,我又听到你叫我三哥了……十年啦,你没叫我三哥十年啦……我知足了……知足了……

　　[灯光慢慢熄灭。

第二节 重逢

　　[钢琴教师的家。在舞台的一角放着一架钢琴。

　　[钢琴教师坐在琴前,弹着一首寂寞的曲子。锅炉工坐在一张方桌前,又拘谨又寂寞的样子。

锅炉工　阿静,这都什么时候了,建国怎么还不来呢?

钢琴教师　(继续弹琴,连头也不抬)我说过多少遍了,别"阿静阿静"的好不好?!(猛击琴键,一声轰鸣。锅炉工吃了一惊)难听死了。

锅炉工　(拘谨地)我怎么称呼你呢?我总得叫你个啥吧?

钢琴教师　(厌烦地)啥也不用叫。

〔作曲家提两瓶酒、一束鲜花上。

作曲家 （夸张地）阿静,阿三哥!

锅炉工 （兴奋地跳起来）建国!

钢琴教师 （缓缓地站起,故作冷漠地）你好!

作曲家 早就听说你们搬回来了。（把酒递给锅炉工）二锅头,劲头儿冲。

锅炉工 （搓着手接酒）怎么好意思,让您花钱。

作曲家 早就想来贺喜了。（把鲜花递给钢琴教师,钢琴教师接花:"谢谢。"）可一直瞎忙,今日总算脱了身,来晚了,赔罪,（双手拱拳,夸张地）赔罪!

锅炉工 您这是说的哪里话?快坐快坐!阿静,倒茶!（钢琴教师瞪了他一眼,他顿时气馁,嗫嚅着）倒茶……

作曲家 （故作轻松地）阿三哥,感觉怎么样?是城里好还是乡下好?

锅炉工 （尴尬地搓着手,苦涩地笑）嘿嘿……

作曲家 刚来嘛,难免不习惯。别说你从没进过城,就连我们这些城里长大的,在乡下滚了几年,刚回来也不习惯。

锅炉工 俺是个大老粗,乡巴佬,跟你们不一样……

作曲家 阿三,别这么说,上溯三代,谁不是乡巴佬?退回去二十年,这里是片庄稼地。你先休息几天,熟悉熟悉环境,我们帮你找个工作,你就是真正的城里人啦!

锅炉工 怎么好意思麻烦您……

作曲家 阿三,你这是什么话?十年前,我跟阿静掉到冰河里,要不是你冒死相救,我们俩早就成了鬼啦!那可是救命之恩啊!

锅炉工 (不好意思地)那算什么,那算什么,赶巧被我碰上了嘛……

钢琴教师 (叹息一声)最近又有大作问世了吧?

作曲家 谈不上什么大作,写了几个小曲儿,怀念插队生活的,抒发一下小布尔乔亚的伤感之情。

钢琴教师 (讥讽地)插队时,做梦都盼着离开。为了离开,请客的,送礼的,献身的,动用父母权势的。这才回来几年?又开始怀念了。

作曲家 (解嘲地)所以莎士比亚说:人啊,你这虚伪的动物!

钢琴教师 （讥讽地）是莎士比亚说的？

作曲家 （解嘲地）如果不是莎士比亚，那一定是肖邦。

钢琴教师 （指指琴凳）请吧，中国的肖邦。

作曲家 （活动着手指坐下）献丑啦。

〔作曲家弹琴，心驰神往的神情。钢琴教师站在一侧，手扶琴盖，沉浸在乐曲中。

〔锅炉工尴尬地站在远离他们的地方。他的面前是一个既像窗户又像牢笼的道具。

第三节　断桥

　　[钢琴教师与作曲家保持着一定距离上。

　　[钢琴教师猛地挽住了作曲家的胳膊。作曲家犹豫了一下，只好顺从。二人走上这月下的小桥。

作曲家　说点什么吧？

钢琴教师　(怨恨地)我们之间的话，似乎都说完了。

作曲家　怎么会呢？你知道吧，这座石桥，是什么时代修建的？这是秦代的石桥，距今已有两千多年——也许秦始皇曾携宠姬在这桥上漫步，也许汉高祖与吕后曾在桥上对月举觞，也许楚霸王与他的虞姬在这桥上闹过别扭，也许唐玄宗与杨贵妃在这桥上饮酒赋诗,月光下飞动着羽衣霓裳——多少风流人物都化作了历史的灰尘,只留下这被人脚磨薄了的石桥和这轮千古如斯的月亮。人生短暂如白驹过隙,荣华富贵不过是过眼的烟云,在浩瀚的宇宙中,地球不过是一粒微尘,在月亮的眼睛里,一万年也不过是短暂的瞬间。

钢琴教师　啊,多么沧桑——够了,我不要听你这些谈天说地的废话。

作曲家　我说的是实话。

钢琴教师　谈谈历史,难道就能解除精神痛苦?谈谈月亮,我也变不成嫦娥。谁知道呢,也许你能成为那伐桂的吴刚。

作曲家　我没有那么高的奢望,能变成桂树下那捣药的兔子就行了。

钢琴教师　我只希望能变成月宫里那只癞蛤蟆。

作曲家　可月亮只是一个荒凉的星球,上边没有空气,没有水。

钢琴教师　做了半天仙梦,还得回到地上。建国,你说我怎么办?我们怎么办?

作曲家　按既定方针办。

钢琴教师　什么是既定方针？

作曲家　忘记过去,面对现实。

钢琴教师　你真的忍心让我跟他过一辈子？

作曲家　阿三是我们的救命恩人。

钢琴教师　我已经给他做了十年老婆！我已经把他办进城里,我们给他找了烧锅炉的工作,活儿是脏一点,但工资不低,他已完全可以丰衣足食。那套房子我也不要了,我空身一人离去。我们逢年过节就去看他,将他视为我们的兄长。建国,我知道你没忘了我,同意我跟他离婚吧,我本来就是属于你的。

作曲家　阿静,我不否认我爱你,但阿三更爱你。没有你我还有音乐,可阿三没有你会死。

钢琴教师　你要我为他殉葬？

作曲家　人生总是有缺憾,何必这样感伤。

钢琴教师　你根本不懂女人的心。

作曲家　一步错,步步错。

钢琴教师　是你错了,还是我错了？

作曲家 我们都错了。

钢琴教师 我没错。

作曲家 阿静,认命吧。

钢琴教师 不,我不!(悲痛地)建国,我不甘心,我不愿意。我不能欺骗自己的感情,把自己变成一具行尸走肉。

作曲家 其实,我觉得,你对他,也是有感情的。

钢琴教师 我不否认,我感激他的救命之恩,我感激他在我危难之中对我的帮助,但恩情不是爱情。你是艺术家,难道连这点道理都不懂?

作曲家 我听说,你们在农村时,生活还是比较美满的……

钢琴教师 是的,如果我不回城,嫁了他这样一个人,也就知足了。可我回了城,可我知道你还爱我,可我知道我更爱你……你让我怎么忍受?

作曲家 你相信命运吗?

钢琴教师 我不相信。我要现在。我要离婚!

作曲家 你会彻底毁了他。

钢琴教师 我不管他。我问你,如果我离了婚,你会跟我结婚吗?

作曲家 (避开钢琴教师的目光)我不愿把自己的幸福建立在他的痛苦之上,他是我们的救命恩人,善良的人……我们不会幸福的。

钢琴教师 (绝望地哭起来,作曲家抚着她的肩膀,她抬起头,目光灼灼)那么,他要是死了呢?

作曲家 他是好人,我们不要咒他。

钢琴教师 (激奋地)他要被车撞死了呢?被酒精毒死了呢?我要用刀子捅了他呢?你说,你会跟我结婚吗?

作曲家 (内心震惊)阿静,那样,我们连这月下谈心的机会也没有了。

[钢琴教师捂着脸,哭着跑下。

[作曲家追下。

第四节　诛心

［钢琴教师坐在琴前弹奏。

［琴声如诉，月光如水。

［锅炉工坐在窗棂前喝闷酒，窗棂象征牢笼。

锅炉工　（像是说给妻子听，更像是自言自语）今天是阴历九月十五吧？这月亮明晃晃的，阴森森的，冷冰冰的，照得这房子，像我们的村里那个爬满了蝎子、挂满了蝙蝠的山洞……这酒，怎么越喝越冷？我身上起了一层鸡皮疙瘩……要不是改成集中供暖，锅炉房该加压试水啦。大卡车拖着明晃晃的煤块子深更半夜地开进院子，轰隆，轰隆……煤块子堆成了山。鼓风机呜呜地吹着，炉膛里的火轰轰响着着起来了,炉门一开,亮得耀眼啊,烤得皮又痛又痒,多么舒服,铲上一锹煤,我这么一转身,一伸臂,唰,小燕儿似的,煤块飞进了炉膛,像燕子飞进了窝。煤被烧得冒出了焦油。汗珠冒出来了,毛孔张开了,就像六月天在田里锄高粱一样……真像那喇叭里吆喝的,"辛苦我一个,温暖千万家"……(喝干一杯酒,猛拍桌子)可偏他妈的要改成集中供暖!说什么烟囱冒黑烟污染环境,我们村里家家户户的烟囱都一天三遍冒黑烟,也没见到污染了环境。天比这城里的蓝,水比这城里的绿,人比这城里的人结实,连苍蝇蚊子也比城里的个头大。集中供暖了,烟囱不冒烟了,可这天不照样乌烟瘴气吗?这水不还是一股化学味儿吗?这人不还是一个个板着脸像死了娘一样吗?(瞧一眼妻子,妻子继续弹琴,又倒一杯酒)集中供暖,砸了我的饭碗,我日你祖宗个集中供暖!(喝酒,捶桌,低头,俄顷,又抬起头,神往地)九月老秋,高粱红没?红了,早红了,收回家了,连头道高粱新酒都烧出来了……棉花白了吗？白了，全白了，白花花一片一片又一片，像大雪漫了地，大闺女小媳妇，都去摘棉花，唱着歌，左一把，右一把，左右开弓大把抓……地瓜呢？地瓜也刨回家了，红皮的，白皮的，红瓤的，白瓤的，大葱，大蒜，大白菜，红萝卜，红辣椒，大肥猪，大黄牛，大黑驴，大老娘们儿扛着光腚的娃娃，头上扎着小辫儿……偏他妈的要集中供暖。集中供暖，砸了饭碗。我这算是干什么吃呢？能不能不集中供暖，我给你们白干行不行？行不行？！

〔钢琴教师弹出的曲调猛然激昂狂暴起来，她通过琴键发泄心中的不满，她的身体大幅度晃动着。

锅炉工 （摇摇晃晃站起来，醉眼蒙眬地）我问你哪！你聋了吗？你哑了吗？

〔钢琴教师继续弹琴。

锅炉工 （趔趄到钢琴前，硬着舌头）谁让你集中供暖？（钢琴教师继续弹琴，锅炉工猛地掀翻琴盖，压住了她的双手）能不能不集中供暖？！

〔钢琴教师冷冷地盯着锅炉工。锅炉工故作强硬,但片刻他即浑身颤抖起来。他手忙脚乱地掀起琴盖。钢琴教师并不拿开双手,她保持着僵硬的姿势,闭上了眼睛。

锅炉工　(扑跪在钢琴教师前,忏悔地)阿静——不不不,你不让我叫你阿静了——我对不起你,我是个混蛋,我该死,我压坏了你的手了。(他拿起钢琴教师的手)

钢琴教师　(冷冷地)放开。

锅炉工　(忏悔地)我混蛋,我帮你揉揉。

钢琴教师　(冷酷地)放开。

锅炉工　(讪讪地缩回手,抽了自己两个嘴巴)我认错了,你原谅我吧……原谅我吧……

　　〔钢琴教师手指按在琴键上,弹出一串杂乱的音符。

锅炉工　求求你,给我找个工作吧,再这样闲下去,我要疯了……

钢琴教师　(从衣袋里摸出钱,扔到锅炉工面前,冷冷地)这是昨晚上教琴挣的。

锅炉工 （盯着地上那几张钱,像盯着毒蛇一样,他的自尊心受到巨大伤害。站起来,狂暴地）我他妈的算是什么?男人吗?不是!是人吗?不是!我连条狗都不如。

钢琴教师 （冷冷地）收起你那点可怜的自尊心吧。男女平等嘛。当年在农村时,你养活我,现在,我养活你。

锅炉工 （痛苦地）我没出息啊,靠老婆养活……不,我不干,我是男子汉大丈夫,我自己养活自己,我不但养活自己,还要养活老婆,我不让你半夜三更地教人家弹琴,我要你坐在家里舒舒服服地弹琴!（软弱地）求求你了,对建国说说,帮我找个工作吧,什么苦我也能吃,什么罪我也能受,掏大粪也行,背死尸也行,求求你啦……

钢琴教师 （冷冷地）别吵了,你也不用去掏大粪,更不用去背死尸,我只求你别吵,别闹。

锅炉工 （沮丧地）实在不行,我就回去吧……我知道我挡了你和建国的路……

钢琴教师 （心中泛起一丝温情）算了,别说这些没用的了。

锅炉工 （冲动地）我明天就去找建国。

钢琴教师 你以为他还会要我吗?!（起身拿脚盆倒水,脱鞋洗脚）

锅炉工 就让我给你洗脚吧。

　　［钢琴教师摇头,苦笑。

锅炉工 （蹲在妻子面前,为妻子洗脚）咱们,要个孩子吧……我干不了别的,在家当老婆看孩子吧。

钢琴教师 （冷漠地）我没有生育能力了。

锅炉工 （冷笑）你瞧不起我！（提高声音）你嫌我出身低贱,你不愿为我生孩子！

钢琴教师 （冷冷地）我说过了,我没有生育能力了！

锅炉工 （跳起,从抽屉里摸出两个药瓶扔到妻子面前）这是什么？你欺负我不识字？可天下总有识字的人！你跟我结婚后,就偷吃避孕药,你还说是什么维生素！

钢琴教师 （冷冷地）养一个孩子,每月要五百元！你有钱吗？连你都要靠我养活！

锅炉工 （尖利地）老子去卖血！

钢琴教师 (讥讽地)你有多少血卖?

锅炉工 老子去——

钢琴教师 你能去干什么?

锅炉工 老子去偷!去抢!

钢琴教师 真能去偷去抢,也算你有出息!

锅炉工 (恨恨地)你——!你等着瞧吧!

第五节　血钞

[银色的月光变成了黄色的月亮。这一节的气氛既压抑又疯狂。

[钢琴教师坐在钢琴前。她弹琴的动作幅度很大,钢琴发出急风暴雨般的轰鸣,暗示着人物内心的巨波狂澜。

[锅炉工坐在窗前喝酒。他穿着一套簇新的,但看上去别别扭扭的西装。

锅炉工　(兴奋地、前言不搭后语地)好东西,真是好东西!有了这东西,要什么东西就有什么东西!(转脸问妻子)你知道我说的是什么东西吗?(钢琴教师猛敲琴键)你当然知道我说的是什么东西。对,钱,是钱。钱,你真是好东西。自从我有了钱,这天,变蓝了!路,变宽了!走在街上,那汽车也不对我瞪眼了。我的脚也实落了。我抬头望天,天不打转转了;我低头看地,地不打旋旋了。我在大街上走路不头晕了;见了城里人不害怕了。怕什么?什么也不怕,老子有钱!我进了商店,那些涂脂抹粉的娘们儿,再也不敢用白眼珠子瞅我了。她们龇着牙咧着嘴,对着我笑,好像我是她们的爹。有了钱就是爹,就是爷爷,没有钱就是儿,就是孙子。连墙角上那个烤地瓜的老太太,往常见了我,把嘴一撇,鼻子一皱,那张脸,像个发了芽的土豆。现在,大老远就吆喝,就笑,那张脸,像个开了花的窝头——师傅,刚出来的地瓜,我给您留着哩!——狗眼看人低的东西,谁稀罕你那地瓜?!老子要下大饭店,吃鱼吃虾,吃明盖的大王八!老子要吃肉,红烧肉,焦熘肉,回锅肉,手扒肥羊肉!老子要喝酒,白酒黄酒葡萄酒。钱,好东西,有钱买得鬼拉犁,可是你——你他妈的你——板着你那张脸,好像一块青瓜皮！这大半年来，已经不是你养活我，而是我，养活你！（站起来，摇摇晃晃地走到钢琴前，钢琴教师发疯般弹琴）你，不就是会弹两下破琴吗？街上弹棉花的声音，也比你弹出来的声音顺耳。我给你的钱，已经不少了吧？第一次八百六，第二次五百四，第三次三千九，第四次四千七！你给我多少钱？三十，四十，最多一次四十八，最少一次六块九。可是你苦瓜着张寡妇脸，好像我前辈子就欠你的。我还没死呢，你就给我戴了孝，一天到晚，穿着这件该死的黑袍子！我到底用多少钱能买得你一笑？到底给你多少钱才能让你放下臭架子？！（暴怒地用拳头擂着琴键，琴声如雷鸣）你说！

〔钢琴教师停止弹琴，冷冰冰的目光直逼锅炉工的脸。

锅炉工 （从床下拖出一个黑色的塑料袋，从袋中摸出一叠叠人民币，往钢琴上和钢琴教师身上抛掷着）给你！给你！老子是一家之主，老子弄钱养你！从今后你别给我去教这见鬼的钢琴，我要你替老子做饭洗衣!

　　［一叠沾着黑红血迹的人民币散开。钢琴教师大吃一惊。

锅炉工　你不用对我瞪眼!(捡起一张钱触到钢琴教师鼻子边)告诉你吧,这钱上沾的是血,你闻闻是不是有股血腥气?老子过了今日不管明日,活一天就要活出点男人骨气。(趔趔趄趄回到桌边,沉重地坐下)过来,给老子斟酒!

　　［钢琴教师过去,给锅炉工往大碗里倒酒,锅炉工端起酒碗一饮而尽。她连倒三碗,他连干三碗。

锅炉工　(舌根发硬地)你养活我时,我给你洗脚……我养活你,你给老子洗脚!

　　［钢琴教师端过脚盆。

锅炉工　给老子脱鞋!

　　［钢琴教师蹲下给他脱鞋。

锅炉工　(捏住钢琴教师的下巴)你……给老子笑一个!

　　［钢琴教师冷冷地仰望着他。

锅炉工 （狂怒,扇了妻子一巴掌）你这臭娘们儿……不会笑,你……会不会哭?

［锅炉工挥臂又打妻子时,身子一歪,栽倒在地,随即鼾声大起。

［钢琴教师捡起一张带血的人民币,匆匆下。灯光暗。

第六节　忏悔

［舞台渐暗，囚笼一角亮起。这里也是第一节的继续。

锅炉工　（感动地）阿静，我的好妹子……想不到临死前还能这样叫你，我死了，也值了……

钢琴教师　（酸苦地）阿三哥……

锅炉工　（愧疚地）阿静，我做了一件对不起你的事……我把你瓶里的药，偷换成了维生素，维生素养人，不伤人……

钢琴教师　（伸进手去握住锅炉工的手，百感交集地）阿三……你这憨人哪……

锅炉工　我偷换了那药，都三个月了。你……你还没有吗?

钢琴教师 (痛极,歇斯底里地)我有了——

锅炉工 (狂喜)你有了?我的阴谋得逞了!我留下自己的种了!(痛苦地)娘啊,你放心吧,咱家断不了根了……阿静,你一定要教他学钢琴,让他像你一样,三岁就学,让他弹得比你弹的还要好,比建国弹的也好,我的孩子,也是钢琴家,作曲家……我真羡慕你们,我听到你们让这个机器,发出那么好的声音……你不在家的时候,我偷偷地坐在你的凳子上,掀开琴盖儿,偷偷地,大着胆儿,去按那些键,它们发出那么大的声音,吓得我心里怦怦直跳……我看到琴盖的黑漆上,映出了我的脸,一个乡巴佬儿的脸,一个老丑老丑的脸……我心里头热乎乎的,我能跟一个三岁就学弹钢琴的女人困觉,让她成了我的老婆,还让她怀上了我的孩子,给我留下了种子,我还有什么不满足的呢?阿静,趁着你还没烦我,让我多叫你几声吧。我对不起你,我耽误了你,我让你生气了,我知道你受了多大的委屈,我真是个混蛋,我早就该自己回到村里去,不让你为难。你是落难的凤凰被公鸡欺负了。阿静……

　　[钢琴教师捂着脸,哭着欲下。

锅炉工　阿静,你不要走,我有话对你说。……我是个坏人,我的心很黑很黑,像锅炉房里的煤炭一样黑……

钢琴教师　阿三哥,你不要说了,你是个好人……

　　[钢琴教师捂着脸踉踉跄跄地跑下。

锅炉工　阿静……我不是你们的救命恩人,我知道你们俩谈恋爱,我知道你们每天都要踩着冰过河到那个山洞里去……我的心像被虫子咬着一样难受啊……我知道立春之后河里的冰就酥了,我利用帮饲养员方七替班那个机会,用牲口棚里的大锅,烧了一锅开水,趁着人们都在家里吃晚饭的时候,我挑着两桶开水,浇在你们经常走过的冰面上,然后我就趴在河边的酸枣丛里等着你们,我看到你们俩拉着手儿来了,我还听到你说:"河里怎么有一股酸溜溜的味道呢?"你们果然掉到冰窟窿里了,我原本只想把你救上来,但他在水里挣扎的样子让我的心里很痛,于是我把他也救上来了……我是个坏人,是个谋杀犯,是个骗子,但你们把我当成恩人,县里还把我当成英雄,发给我一百元奖金,还给我发了一张奖状,后来,你还嫁给我……其实,早就该枪毙我了……

〔灯暗,囚笼撤下,锅炉工下。

第七节　心死

［一轮绿幽幽的月亮,照耀着似曾相识的小桥,舞台上的一切都是绿幽幽的,钢琴教师和作曲家的脸像鬼脸一样。

钢琴教师　(忏悔地)看来,把他办进城市,是我犯下的一大错误,可我当时还认为那样做,是报了他的救命之恩,也维护了道德仁义。

作曲家　你把他办进城里并没有错,你错在用一种独特的方式把他伤害。

钢琴教师　(愤愤地)我打不还手,骂不还口,还要我怎么样？

作曲家　可怕的问题就在这里,你让他感到了你对他的极端蔑视。尤其是他失业后,你一次次给他钱,更让他感到自尊丧尽,于是,他错误地选择了用获得金钱来赢回自尊的方式。可怜的阿三!

钢琴教师 （心虚地）我也没想到会是这种结局。

作曲家 （摇头）我问你,他前前后后给过你多少次钱?

钢琴教师 （略一思索）大概是九次,或是十次。

作曲家 每次都是不小的数字?

钢琴教师 对,不小的数字。

作曲家 你接钱时想没想过这些钱的来路?

钢琴教师 （虚怯地）没想过……他说他是给人家干活挣的。

作曲家 他既无文化又没技术,干什么活能挣到这么多钱?你的心里真的没有怀疑?

钢琴教师 （语塞）这……

作曲家 不要掩饰了,不要不敢承认你计划的周密。

钢琴教师 （着急地）我没有计划!

作曲家 （冷笑）请让我看着你的眼睛,让我看看你的灵魂是不是清澈见底。你先是用冷漠激怒他,让他感到自卑,继而又用金钱刺激他,让他发狂。你像一个高明的心理学家,不动声色地诱导着他,让他一步步走向深渊。终于,你看到了带血的人民币,预期的结果出现了,就像成熟的苹果砰然落地。然后你灌醉了他,拿上他的罪证,到派出所报案。你干得多么漂亮,多么严密。平日里你像一个逆来顺受的贤妻,关键时刻又成为大义灭亲的英雄,谁也不能对你说出半个不字……

钢琴教师 (虚弱地)你……你胡说……

作曲家 (悲凉地)昨天,刑场上一声枪响,一个糊糊涂涂的生命,就这么糊糊涂涂地结束了,你的心里难道没有一丝波澜,竟然还要商量我们的婚礼。你把我们的救命恩人送上刑场,你的手好像是干净的,但你的灵魂已沾上了阿三的鲜血。你的智商太高了,想起来我就不寒而栗……

钢琴教师 (掩面恸哭)我是为了爱情……

作曲家 (叹息)爱情啊,多少罪恶假借了你的名字!既然要把他推上绝路,当初何必要嫁他为妻?

钢琴教师 (停止哭泣,眼睛里放出仇恨的光芒,阴森森地笑着)你问我为什么要嫁他吗？哈哈，你竟然还问我为什么要嫁给他?！你应该问问你自己。想当年你被推荐回城上大学，临别时你对我立下了山盟海誓。就在后山那个蝎子爬行、蝙蝠横飞的岩洞里，我为你献出了处女的身体。你让我等着你，我就等着你，你起初三天来一信，后来一月来一信，再后来就如远飞的黄鹤，杳无信息。可我的肚子渐渐大了，我怀上了你留下的孽子。在那个年代里，一个女青年未婚先孕，要遭受多大的压力？何况我又是"黑五类"的子女，爹跳楼，娘病死，我一个弱女子，就像伤翅的小鸟，无枝可依。阿三他一家不嫌弃我，阿三当着众人宣布，我肚里的孩子是他的。不久，我产下了你的死婴，大出血啊，是阿三抽血救了我——阿三哥……我对不起你——就这样，我嫁给了他，你那时在哪里？你那时正与那位拉提琴的花前月下，你可曾想到我在死亡线上挣扎？

作曲家 (浑身颤抖，张口结舌)所以，你们进城后，我从内心里感到高兴。

钢琴教师 阿三救过你一次命,可他救过我两次命,所以我明知道不爱他,为报恩还是把他办进了城。我本以为对你已经情断意尽,可当我在音乐会上见到你时,心中的感情又死灰复燃。

作曲家 我知道我有亏于你,所以我真诚地祝福你与阿三能够美满幸福。

钢琴教师 （讥讽地）是啊,你是多么高尚,简直是个道德完人。你明知我爱你,但你却坚决反对我和阿三离婚。

作曲家 我已经害过了你,我怎能再害阿三,这个善良的好人。

钢琴教师 我爱过我吗？

作曲家 当然。

钢琴教师 那你为什么要跟小提琴手结婚？

作曲家 你可以骂我道德败坏,但我想是因为我年轻无知。

钢琴教师 当我在月下提出跟阿三离婚跟你结婚时,你还爱我吗？

作曲家 从来没像那时那样爱你。

第七节 心死

钢琴教师 可是你拒绝了我,并对我进行道德说教。

作曲家 我的确是不想伤害阿三啊!

钢琴教师 你是多么虚伪。是你把我推上绝路,这场戏的真正导演是你。你多么深刻啊,像个大法官一样开设道德法庭,像个大侦探一样进行推理练习。你不但是个作曲家,你更是个逻辑学家,丝丝入扣,鞭辟入里。你把我说成杀人凶手,你起码是我的同谋。我欠阿三半条命,你不但欠阿三半条命,你还欠我儿子一条命,你还欠我的一条命——我也许还能活下去,但活着的仅仅是肉体,我的心已经死了……

作曲家 也许……我们真的可以登记结婚了……

[钢琴教师无声无息地往台下走去。

作曲家 (伸出双手,对着观众)人生就是一场悲剧,谁也逃不过去。

——剧终

附 录

历史不过是些钉子
——答《新闻周刊》记者杨瑞春问

本月,北京人艺小剧场上演的话剧《霸王别姬》每天都观众爆满。编剧莫言强调,这部历史剧与现代生活息息相关。

"这是一部让女人思索自己该做一个什么样子的女人的历史剧;这是一部让男人思索自己该做一个什么样子的男人的历史剧。"他说。

小剧场里的"另类"

问:关于"霸王别姬",关于楚汉战争,中国人已经是熟得不能再熟了,对于很多艺术家来说,前人已经把它做到某个艺术高峰的题材,是不会轻易去碰的,为什么你却再次惊动它,并且是用你原来并不熟悉的话剧形式?

答:楚汉战争在老百姓心目中是辉煌的、富有戏剧性和传奇性的,每一个人心目中可能都有自己的项羽、刘邦、虞姬和吕雉,他们是中国历史上真正的大风流人物。这么一段历史搬上话剧舞台是很有意思的。在我们的视野里,这段历史在戏曲和电影里面都有所表现,却还没有被大张旗鼓地在话剧舞台上表现过。

许多历久常新的经典,其中的故事已经陈旧,但陈旧故事中所包含的多样性的意义和人类至今难以解决的普遍性的矛盾,使得古老的经典能够不断地放射出灿烂的光辉。这是思想的光辉而不是故事的光辉。

问:你的语言是古典的、唯美的,有点莎士比亚式的诗剧风格,在小剧场话剧里面,这样的东西很少。也许正因为你的手法不够先锋,反而成了小剧场话剧里的"另类"了。

答：我实际上对话剧了解很少，在写作的时候，是故事选择了这种语言风格，而不是我有意识地在追求。

我认为小剧场话剧和传统、古典戏剧的重要区别是前者是没有人物的，先锋戏剧探索的主要是形式，演员就是道具，没有多少性格；而传统戏剧要人物性格，要塑造典型形象。我想，看一场小剧场话剧很难把人看得热泪盈眶，与剧中人物同呼吸、共命运，产生灵魂深处的共鸣；而传统话剧可能会让台上台下命运交融在一起，可以为之恨、为之爱。所以我们希望在小剧场里面，把一个大题材，用古典、传统、浪漫的手法表现出来，不管好坏，肯定会与过去观众心目中的小剧场话剧形成鲜明的比较和对照。现在的反响证明了这一点。

问：看起来你对先锋话剧并没有什么好感。

答：我对先锋话剧看得比较少，接受起来也有一些问题，我觉得先锋话剧对于我来说永远是无法开口、难以置评的状态，对于让人眼花缭乱的形式、匪夷所思的道具、莫名其妙的台词，我不知道该说好还是不好，也许这也正是先锋话剧，特别是小剧场先锋话剧所追求的。

历史不过是些钉子

问：你的《霸王别姬》可以说是这个历史事件的一个全新解释，比如说，对于吕雉的诠释是具有颠覆性的，戏里面的吕雉甚至可以说是一个敢爱敢恨的光辉女人形象。这和史书中，和很多人心目中的吕雉完全不同。而有些情节之大胆也匪夷所思，比如虞姬去探望吕雉，并且发生了一场关于爱情和男人的辩论。你为什么会做这样的想象？

答：写的时候我们想既要有一定的历史根据，又不要受到历史的束缚。以前有人说《史记》"三分文，七分史"，我想可能是颠倒了，我认为《史记》是一部传奇性的文学作品，用了很多小说家的笔法，加入了司马迁大量的个人感情色彩和大量的想象。话剧《霸王别姬》更可以在司马迁虚构的基础上，在历史书提供的这一点可怜的材料上，大胆展开我们想象的翅膀。

史书上说,吕雉作为人质被扣押在项羽军营里好几年,那么我让虞姬去探望吕雉,并进行唇枪舌剑、针锋相对的辩论,还让虞姬动员吕雉代替她的位置,去辅佐霸王,这些在史书上没有记载,但也不是没有可能,你也找不到依据去把它推翻。我觉得到了二十一世纪,没有必要再去为历史剧的真伪问题争论,这是五六十年代郭沫若他们争论的问题。今天,我们应当把历史当作我们的素材,把历史当作表达我们思想的材料——历史事件不过是悬挂我们思想和故事的一些钉子。在基本人物、基本时间、基本事件的基础上,就可以大胆虚构了。

说到吕雉,作品中的形象和人们心目中的吕雉形象是大不一样的。吕雉在中国历史上是著名的残暴人物,比如她把刘邦的妃子砍掉了手脚,挖掉了眼睛,放到茅厕里去,韩信等刘邦的大将也是在吕雉的一手操纵下除掉的。但我们没有涉及这一段历史,而是关注她在楚营里被扣押的那段历史。那时她的心情和她后来当了皇后应该是不一样的。

问：说是霸王别姬，但我感觉你却是从女人的角度来切入这段历史的，两个女人的戏非常精彩，这是两个你中有我、我中有你，但又分别性格鲜明的女性形象。

答：因为我觉得写战争最好是从侧面来写，可能更有意思。刘邦和项羽是一对刀枪相见的对手，反过来他们两个的女人是不是也可以成为这样的对手？通过这两个女人，我们想反映出两个男人，她们的对话、辩论、矛盾，是围绕着两个男人进行的。

问：我倒不同意你说的两个女人是为了反映两个男人，其实这出戏看来倒像是就为这两个女人写的，而项羽和那个始终没有出现的刘邦反而成为她们故事的背景。

答：这是创作中经常出现的现象。我们的原意是要写男人，但女人的光辉把他们淹没了。

问：两个女人中你更欣赏谁？

答：吕雉。其实写的时候我是把虞姬作为第一女主角来写的,但当我看完彩排之后,我发现第一女主角换位给吕雉了,这也是创作中经常出现的:你本来想写一个配角,但配角把主角的光辉给淹没了。包括男配角范增的光辉也把项羽给淹没了。

问: 你觉得这种换位完全是由演员实现的吗?

答: 我觉得剧本已经提供了这种基础。在塑造主角时,我们往往去追求他的完美,而完美的人实际上是不可爱的。配角大多是有弱点和缺点的,但往往因此也被赋予了一种生命力。当然,演吕雉的肖雄和演范增的白志迪对角色的演绎是非常出色的,他们的舞台经验相对来说比演虞姬的侯继林和演项羽的吴京安要丰富。

但是这恰好也形成一种效果,侯继林在表演上的稚嫩和虞姬这个形象的肤浅、幼稚很相称,如果她的表演也和肖雄一样有城府的话,可能也很麻烦。反过来,吴京安这种比较外在、比较张狂的表演与项羽没有城府、儿童化的性格也是相对应的。所以我觉得这个戏选择演员选得也非常好,需要的恰好就有了。

光彩夺目的吕雉

问：在项羽身上是不是寄寓了一些你个人的情感？

答：我曾经在八十年代末为张艺谋写过一个剧本，叫《英雄·美人·骏马》，这个剧本虽然后来没成，但是我因此查阅了大量有关楚汉战争的正史、野史、民间传说，慢慢脑子里面就有了一个项羽的形象。这个形象和京剧舞台上的形象完全不一样，他是一个很不成熟的、力大无穷的、很正直的青年，当然，这与我个人性格中的顽童天性肯定也有一种默契。一个哲学家应该很深刻、深沉，而一个作家则应当有童趣，甚至有一种恶作剧似的心态，否则他可能很难保持一种旺盛的创作力，一直能写出新鲜活泼的、有生命力的作品来。

问：项羽可以说是一个至情至性的男人，他的行为甚至可以说是荒诞的，比如在他即将抓住刘邦的时候,竟然因为虞姬思念,让他速速回营,他就真的回来了,给自己留下了无穷的后患。

答:对项羽这种人的态度其实我们是很骑墙的,从文学角度我们往往很欣赏这样的人,为了女人、爱情可以不顾帝业、江山;但是从现实的角度来看,又觉得他败得毫无道理,用男权思想来分析他的话,可以说他是一个没有出息、没有价值的男人。所以,应该欣赏什么样的男人?鱼与熊掌是否可以兼得?这种矛盾在当时困扰着虞姬和吕雉,也一样困扰着现代女性。当然,我们希望今天既儿女情长又事业有成的男性越来越多。

我由此还有一个怪论:某些贪官,他在一方面贪污腐化,让人有切齿之恨;另外一方面,其实所有的贪官都不是政治家,都是不成熟的,他们有时竟然会为了一个女人丢掉了自己的荣誉甚至脑袋,实在代价太大。反过来,从某种意义上讲,他们可能也是情感很丰富的人。

问: 如果你是霸王,你会选择哪个女性?

答：你不能把我说成霸王。我刚才说了,作为一个男人,我可能会选择吕雉。

问：当然,吕雉作为一个艺术形象是有血有肉、光彩照人的,但如果你就在那个戏中呢?

答：我还是选择吕雉吧。因为剧中吕雉的感情比虞姬要深沉得多,她对爱的追求是有质量、有重量的。虞姬的爱情当然也很感人,但是是一种小儿女情长,是一种不成熟的爱情。成熟的男人对这种深沉的爱情应当是非常向往的。吕雉对项羽的爱其实有一种母爱的成分,而项羽在肉体上是"力拔山兮气盖世",但在精神上是个从来没有长大的孩童,他其实除了男女夫妻之爱,还需要这一种母爱。

问：但在剧中,项羽对吕雉的爱情丝毫没有动心,甚至她跪在他脚下倾诉的时候,他都没有一点表示。

答：当我看完第一场,我就意识到这是个缺憾。当我作为一个观众,忘掉自己的编剧身份的时候,我被吕雉这种倾吐出来的真挚的爱情深深打动了,而项羽这样一个内心其实很软弱的人居然没有反应,显得非常虚伪。其实,如果他真的被打动了,这个戏剧的矛盾会更加激烈、更加复杂,也会让楚霸王这个人物形象更丰富。

戏剧未了情

问：节目单上写着"莫言戏剧三部曲",是不是其他的两部都已经完成了?

答：后面有一部是根据我的小说《拇指铐》改编的,我计划把它作成儿童哲理剧,希望是一个博士生看能有所收获、小学生看也能有所收获的戏,可以让他们坐在一起考虑同一个问题,得出或者一样或者不一样的答案。第三部有几个构思,可能是一部大戏,表现抗日根据地革命将领的爱情故事,也可能是一部都市讽刺喜剧。

问：以后几年你会把主要精力放在戏剧上而不

是小说上吗？

答：那不可能，肯定还是小说上花的力气大。我最多就是完成后面两部戏剧就行了，更让我迷恋的还是小说。

问：但是剧作可以直接在舞台上呈现出来，和观众面对面地交流，那也是很有成就感的。

答：作为一个剧作家看到自己的作品上演，和作为作家看到有人在买你的书，那种感觉是完全不同的。戏剧更加直接，是好是坏，立刻可以听到观众在你背后的议论。那种感觉非常美妙，也给我很大震动。我原来曾经想过，搞完这个话剧我不可能再搞话剧，但看过《霸王别姬》的两次彩排之后，我的观念发生了变化，我真的对话剧产生了一种兴趣。

我原来认为，舞台这个有限的空间会对剧作家的思想产生很大的束缚，而小说则可以非常自由、无边无际。现在我意识到，话剧舞台其实也是无限的，你也可以自由驰骋你的思想，你能想到什么，就能表现出来。从这个意义上讲，我会再搞下去。而我想，如果要搞,就不应当是以一个小说家来客串话剧的角色,我想我要争取做一个好的剧作家,写剧本时就要全力地投入,不能要求别人来原谅我剧本创作中的问题。

(原载于《新闻周刊》2000年第26期)

《霸王别姬》只设矛盾,不给答案

小剧场话剧《霸王别姬》在北京已经公演了很多场,受到观众普遍关注,应观众的需求,《霸王别姬》又加演了十场,至12日结束。这出话剧由于剧本由当年写《红高粱家族》而享誉文坛的小说家莫言创作,所以得到了各界极大关注。并且,此剧导演在剧中运用了京剧韵白、地方方言、流行歌曲等表现形式,也引起了巨大争论。为此记者采访了莫言。

问:《霸王别姬》已经演了很多场,各界评价褒贬不一。那么您作为剧作者,认为以小剧场形式出现的《霸王别姬》演出实现了您对此剧的预先设想吗?

答:应该说没有完全实现。我最初没有想到会在小剧场演出，我设想的是在辉煌的大舞台上，通过舞美、灯光、服装来展现很华丽很古典很浪漫的东西，然而现在小剧场的形式可能更现代了。

问：我记得您最初谈及创作此剧，是"想搞成传统的有莎士比亚情调兼具古典美的作品"，是有意识追求浪漫主义、古典情怀和语言美感的，并且您说："这几年市井化、市民化、日常化渐成气候，但我认为这部戏不应该随波逐流。"但导演王向明则声称："毫不脸红地向大众文化学习，向大众审美趣味致以崇高的敬意。"您怎么看待这种分歧呢？

答：作为编剧，我只能说当我创作完作品之后，就不应该再去干涉导演和演员的创作了。但从我个人的审美理想来说，还是觉得应该按照最初的想法。最好让恋爱中的男女来看，可以多学几句爱情的甜言蜜语。而现在的这种处理特别跳，对整体风格有破坏。每当气氛营造出了一种古典的情怀并要达到情感升腾的境界时，就被导演用地方方言、流行歌曲或其他方式把观众的情绪给瓦解掉了。整出戏就是在不断的营造、瓦解、再营造、再瓦解中进行的。但也许按照我的那种想法,这出戏不会引起这么激烈的讨论,可能导演对当前的戏剧观众的心理比较了解,刻意用这种手法来活跃气氛、调动观众,达到一种杂交的乐趣。

(原载于2001年1月9日《北京晚报》)

读《史记》杂感

一、楚霸王与战争

司马迁《史记》的最伟大之处，就在于他彻底粉碎了"成则王侯败则贼"这一思维的模式和铁打的定律。在当时的情况下，这首先是一种卓然不群的眼光，当然还需要不怕砍头的勇气。这目光和勇气，实得力于他身受的腐刑。在他那个时代，腐刑和砍头是同一等级的。许多不愿受辱的人是宁愿断头也不愿去势的。司马迁因为胸中有了一部《史记》，所以他忍辱受刑；也因为他忍辱受了腐刑，才使《史记》有了今天这样的面貌。汉武帝一声令下，切掉了司马迁的私心杂念，切出了他为真正的英雄立传的勇气。大凡人处在得意之时，往往从正面、用官家认可的观点去看世界，而身处逆境时，才能、才愿意换一个角度，甚至从反面来看世界。这有物质上的原因，也有精神上的原因，二者同等重要。无论从文学的观点看《史记》，还是用史学的观点看《史记》，都可以看到这种视角变换的重大意义。换一个角度看世界的结果，便是打破了偏激与执迷，更容易看透人生的本质。站在另一面的了悟者，往往是无法不沉浸在一种悲凉、寂寞的情绪中，但也在一种无欲无求、超然物外的心态中。比死都可怕的酷刑俺都受过了，俺从死亡线上挣扎过来了，还有什么值得忌惮的吗？有这种"肆无忌惮"的精神作了前提，所以才能避开正统的、皇家的观点，以全新的角度，画出"盗贼"的另一面——失败了的英雄的英雄本色。太史公的实践，对当今的作家依然富有启示。

听我的老师说，司马迁所处的时代，是富有浪漫精神的大时代。浪漫的时代才能产生浪漫的大性格。回首楚汉相争时，代表着时代精神、具有浪漫气质、堪称伟大英雄的人物，非项羽莫属。项羽的精神，引起了司马迁的强烈共鸣。一篇《史记·项羽本纪》,字字有深情。我们从中读出了项羽这位举世无双的青年英雄的天马行空的本色。他少时学书不成改学剑,学剑不成改学兵,学兵不求甚解,草草罢休。这应当是好事,因为任何太具体的知识都会成为束缚这匹天马的缰绳。他身长八尺,力能扛鼎,是天生的英雄。他临危不惧,英猛果断,是天生的战士。少时我在高密,听到过许多传说,其中就有关于楚霸王项羽的。

我爷爷说:楚霸王是龙生虎奶。说秦始皇东巡时,梦中曾与东海龙王之女交合。交合完毕,秦始皇无牵无挂地一走了之,那龙女却身怀了六甲。后来自然就产下了一个黑胖小子。龙女可能考虑到此子是私生,名不正言不顺,传出去有损龙宫声誉,便抛之深山,一走了之。这是货真价实的龙种,当然不能让他就这么死了,于是,来了一只母老虎,为这个孩子喂奶。这男孩就是项羽。这个传说除了说明项羽血统高贵之外,还为他的神力做了一个注脚。另外还有更深一层的意思。这意思就是,项羽如果夺了秦朝的江山做了皇帝,等于子承父业,名正言顺。由此推想,这传说的最早的源头,很可能是项羽手下的谋士们有意制造的谣言,就像陈胜吴广把写有"大楚兴,陈胜王"的绢塞进鱼肚子一样。这种把戏,大概历朝的开国皇帝都练过。我爷爷说,楚霸王能"气吹檐瓦"。怎么算气吹檐瓦呢?就是说项羽站在房檐下,呼出的气流能把房檐上的瓦吹掉。这已经非常玄乎了,但更玄乎的还在后边呢。我爷爷说,楚霸王除了能气吹檐瓦外,还有"过顶之力"。何为过顶之力呢?就是自己拔着自己的头发把自己拔离地面。楚霸王是人类历史上第一个能把自己提离地面的人。这等神力,的确是匪夷所思了。等到我读了《史记·项羽本纪》后,才猜测到,我爷爷所说的"力能过顶",很可能是"力能扛鼎"之讹。老百姓不大容易把"扛鼎"理解好,于是,"力能扛鼎"便成了"力能过顶",而"力能过顶"便成了自己提着自己的头发把自己提离地面。

我想,项羽在民间,之所以不是乱臣贼子面目,而是盖世英雄形象,实得力于文坛英雄司马迁的旷世杰作《史记·项羽本纪》。汉武帝那一刀,切出了一个大目光、大手笔,实在是不经意地为人类文明做出了一个大贡献。当代很多知识分子,受了一点委屈就念叨不休,比比司马迁,就差了火色。当然,绝不是要让人为了写杰作,自愿下蚕室。很多事都是命运使然,真要自愿下了蚕室,也只能去做个李莲英或是小德张,而做不了司马迁。

读了项羽的本纪,我感到这家伙从没用心打过仗。他打仗如同做游戏。这是一个童心活泼、童趣盎然的英雄。他破釜沉舟,烧房子,坑降卒,表现出典型的儿童破坏欲。每逢交战,他必身先士卒,不像个大元帅,就是个急先锋。不冲不杀不呐喊他就不痛快。他斗勇斗力不斗智,让他搞点阴谋什么的他就头痛、心烦。到了最后的时刻,他还对着美人和骏马唱歌。惨败到只剩下二十八骑时还跟部下打赌,证明自己的神力。最后他孤身一人到了乌江边上,还把名马送给好汉,将头颅赠给旧友。他不过江东,并不是不敢去见江东父老。这家伙是打够了,打烦了,他不愿打了。不愿打了,就用刀抹了脖子,够干脆,够利索。他其实从没十分认真地考虑过夺江山、做皇帝的事,那都是范增等人逼着他干的。他的兴趣不在这里。如果真让他做了皇帝,那才是真正的"沐猴而冠",他分封诸王、自封西楚霸王时其实也就是皇帝了,但他做得一塌糊涂。听听他为自己起的封号吧,西楚霸王,孩子气十足,像一个用拳头打出了威风的好斗少年的心态。他是为战斗而生的。英勇战斗就是他的最高境界、最大乐趣。中国如果要选战神,非他莫属。不必为他惋惜,皇帝出了几百个,项羽只有一个。当然,我们也要感谢刘邦,在楚汉战争的广大历史舞台上,他为项羽威武雄壮的表演充当了优秀的配角,从而使这台大戏丰富多彩,好看至极。如果是两个刘邦或是两个项羽打起来,那这台戏就没有什么看头了。

从政治的角度看,刘邦胜利了,项羽失败了。从人生的角度看,这哥俩都是成功者。他们都做了自己想做的事,而且都做得很好。刘邦成功在结果,项羽成功在过程。太史公此文,首先是杰出的文学,然后才是历史;是充满客观精神的文学,是洋溢着主观色彩的历史。

回头想想,战争,即使不是人类历史的全部,也是人类历史中最辉煌、最壮丽的组成部分。战争荟萃了最优秀的人才,集中了每一历史时期的最高智慧,是人类聪明才智的表演舞台。因此,从某种意义上说,历史就是战争的历史,文学也就是战争的文学。小说家观察战争的角度、研究战争的方法,必须不断变化才好。太史公是描写战争的大家,他是当然的战争文学的老祖宗。他也写战争过程,但他笔下的战争过程从来都是有鲜明的性格在其中活动的过程。我们都知道什么是好的战争文学,但我们写起来就忘了文学,忘了文学是因为我们忘不了政治。描写战争灾难、揭示人性在战争中的变异等曾经是别开生面的角度,但"李杜诗篇万口传,至今已觉不新鲜"。如何写战争,我一直跃跃欲试,但很多问题想不清楚,也就不敢轻易动笔。我的心里藏着几个精彩的战争故事,有朝一日,我也许会斗胆动手。

任何一种真正意义上的英雄,都敢于战胜或是藐视不是一切也是大部分既定的法则。彻底的蔑视和战胜是不可能的,所以彻底的英雄也是不存在的。项羽有项羽的不彻底处,司马迁有司马迁的不彻底处。一般的人,通体都被链条捆绑,所以敢于蔑视成法就是通往英雄之路的第一步。项羽性格中最宝贵的大概就是童心始终盎然。这一点与司马迁应有共通之处。司马迁在《史记·项羽本纪》里对项羽给予了深深的同情,而对汉王朝的开国皇帝多有讥刺,这肯定与身受酷刑有关。这样,问题就出来了:司马迁笔下的项羽,是不是历史生活中真正的项羽?同样,历史生活里的刘邦是不是就像司马迁写的那样?这样一想,胡适所说"历史是一个任人打扮的小姑娘",也就有了一点点道理。

二、搜尽奇峰打草稿

历史在某种意义上就是传奇。这是我读史的感想,也是我从个人经验中得出的结论。当年我在家乡做农民,劳动休息时,常与父老们在田间地头小憩。这时,在我们身旁的一个坟包里,也许就埋葬着一个草莽英雄。在那座摇摇晃晃的小桥上,也许曾经发生过惊心动魄的浪漫故事。在那道高高的河堤后边,也许曾经埋伏过千军万马。与我坐在一起抽旱烟的老人也许就是这些故事的目睹者,或是某个事件的当事人。他们总是触景生情地对我讲述他们的故事,或是他们听到或是看到的故事。我发现就同一件事,他们每个人讲的都不一样;同一件事同一个人每一次讲述的也不一样。虽然这些事过去了也不过就是几十年的光景,但它们已经变得众说纷纭,除了主干性的事件还有那么点影子外,细节已经丰富多彩,难辨真假。我发现这些故事在被讲述的过程中被不断地加工润色、升华提高。英雄被传说得更英雄,奇人被传说得更出奇。没有任何一个故事讲述人是不对自己讲述的故事添油加醋的;也没有任何一个史学家肯完全客观地记述历史。因为人毕竟是有感情的,有好恶的,想客观也客观不了。看看司马迁的《史记》就知道他是一个对刘姓王朝充满怨恨的人。凡是遭到刘家迫害,或被刘家冤杀的人,他都寄予了深深的同情,描述到他们的功绩时总是绘声绘色地赞美,极尽夸张之能事。譬如对大将军韩信,对飞将军李广,对楚霸王项羽。他把项羽列入"本纪",让他享受与帝王同级待遇。他写韩信和李广的列传时不直呼其名,而称"淮阴侯"、称"李将军",只一标题间,便见出无限的爱慕和敬仰。究其根本原因,还是因为挨了那不该挨的裆下一刀,忍受着如此的奇耻大辱写汉家的历史,怎么能客观得了。由此推想,我们今天所读到的历史,都是被史学家、文学家和老百姓大大地夸饰过的,都是有爱有憎或是爱憎分明的产物。我们与其说是读史,还不如说是在读传奇;我们读《史记》,何尝不是在读司马迁的心灵史。

司马迁一生最大的特点是好奇。好奇是人类的天性。人类的天性在童年时最能自然流露,所以儿童最好奇。司马迁老而好奇,他是童心活泼的大作家。司马迁的童心表现在文章里,项羽的童心表现在战斗中。

最早提出司马迁好奇的是汉代的扬雄。宋代的苏辙也说:"太史公行天下,周览四海名山大川,与燕、赵间豪俊交游,故其文疏荡,颇有奇气。"

好奇是司马迁浪漫精神的核心。

他在二十岁左右,即"南游江、淮,上会稽,探禹穴,窥九嶷,浮于沅、湘。北涉汶、泗,讲业齐、鲁之都,观孔子之遗风,乡射邹、峄。厄困鄱、薛、彭城,过梁、楚以归"。好奇之心促使他游历名山大川,探本溯源,开阔眼界,增加阅历,也使他的文章疏密参差,诡奇超拔,变化莫测。

司马迁好奇,尤好人中之奇。人中之奇谓之才,奇才。

他笔下那些成功的人物都有出奇之处,都有行为奇怪、超出常人之处。而所有的奇人奇才,都是独步的雄鸡、行空的天马。项羽奇在学书不成学剑不成学兵也不成,不学而有术,奇在他是一个天生的战斗之神;韩信奇在以雄伟之躯甘受胯下之辱,拜将后屡出奇计,最后被糊糊涂涂地处死,奇在设计杀他之人竟是当初力荐他之人,这就是"成也萧何,败也萧何";李广奇在膂力过人,箭发石穿,身著奇功,蒙受奇冤;等等,不一而足。所以说一部《史记》,正是太史公抱满腹奇学,负一世奇气,郁一腔奇冤,写一世奇人之一生奇事,发为万古千秋之奇文。

欣赏奇才,爱听奇人奇事,是人类好奇天性的表现。而当今之道德社会,树了那么多的碑,垒了那么多的墙,派了那么多的岗,安了那么多的哨,目的实际很简单:防止人类好奇。所以从某种意义上来说,所有的社会,对人类的好奇天性都是一种桎梏。当然这是没有办法的事。

只有好奇,才能有奇思妙想。只有奇思妙想,才会有异想天开。只有异想天开,才会有艺术的创新。从某种意义上说,艺术的创新也就是社会的进步。

好奇的人往往不讨人喜欢,尽管人人都好奇。

好奇与保守从来都是一对矛盾。

好奇者往往有奇特的结局。

一生好奇的金圣叹因好奇而遭祸,临刑时说:"杀头至痛也,抄家至惨也,而圣叹以不意得之,大奇!"

好奇是要付出代价的。

对于一个小说家来说,好奇比学习更重要。学习也是好奇的表现。

如果没有奇人奇事,这世界就是一潭死水。

好奇吧,但不一定去做奇人。

(1998年)

一本书打开一个世界

欢迎订购、合作
订购电话：0571-85153371
服务热线：0571-85152727

莫言读书会　　KEY-可以文化　　浙江文艺出版社　　京东自营店

关注KEY-可以文化、浙江文艺出版社公众号，及浙江文艺出版社京东自营店，随时获取最新图书资讯，享受最优购书福利以及意想不到的作家惊喜